KB016210

조선후기 통신사 필담창화집 번역총서 42

東槎餘談

동사여담

조선후기 통신사 필담창화집 번역총서 42

東槎餘談

동사여담

김용진 역주

보고사
BOGOSA

이 역서는 2008년도 정부재원(교육과학기술부 학술연구조성사업비)으로 한국연구재단의
지원을 받아 연구되었음(KRF-2008-322-A00073)

차례

◇ **영인자료** [우철]

일러두기

1. 통신사 필담창화집 번역총서는 제1차 사행(1607)부터 제12차 사행(1811)까지, 시대순으로 편집하였다.
2. 각권은 번역문, 원문, 영인자료(우철)의 순서로 편집하였다.
3. 300페이지 내외의 분량을 한 권으로 편집하였으며, 분량이 적은 필담창화집은 두 권을 합해서 편집하고, 방대한 분량의 필담창화집은 권을 나누어 편집하였다.
4. 번역문에서 일본 인명과 지명은 한국 한자음 그대로 표기하고, 처음 나오는 부분의 각주에 일본어 발음을 표기하였다. 그러나 번역자의 견해에 따라 본문에서 일본어 발음대로 표기를 한 경우도 있다.
5. 번역문에서 책명은 『 』, 작품명은 「 」로 표기하였다.
6. 원문은 표점 입력하였는데, 번역자의 의견에 따라 표기하는 것을 원칙으로 하였지만, 가능하면 한국고전번역원에서 정한 지침을 권장하였다. 이 경우에는 인명, 지명, 국명 같은 고유명사에 밑줄을 그어 독자들이 읽기 쉽게 하였다.
7. 각권은 1차 번역자의 이름으로 출판되었는데, 최종연구성과물에 책임연구원과 공동연구원의 이름이 반드시 들어가야 한다는 한국연구재단의 원칙에 따라 최종 교열책임자의 이름으로 출판되는 책도 있다.
8. 제1차 통신사부터 제12차 통신사에 이르기까지 필담 창화의 특성이 달라지므로, 각 시기 필담 창화의 특성을 밝힌 논문을 대표적인 필담 창화집 뒤에 편집하였다.

동사여담

東槎餘談

동사여담(東槎餘談)

『동사여담(東槎餘談)』은 1763년(영조 39) 정사 조엄(趙曮, 1719~1777), 부사 이인배(李仁培, 1716~1774), 종사관 김상익(金相翊, 1721~1781) 등 통신사 일행이 도쿠가와 이에하루(德川家治, 1737~1786)의 습직(襲職)을 축하하기 위해 일본을 방문하였을 때, 미야세 류몬(宮瀨龍門, 1720~1771)이 그 이듬해 에도(江戶)에서 조선의 사신들과 주고받은 필담과 수창시를 정리하여 엮은 책이다.

저자 미야세 류몬의 별칭(別稱)은 유유한(劉維翰), 자는 문익(文翼), 호는 류몬, 난키[南紀] 사람이다. 류몬의 조상은 동한(東漢) 헌제(獻帝)의 자손이나, 조비(曹丕)가 제손(帝孫)을 폐하자 일본으로 건너가 귀화하였다. 증조 때부터 기이주(紀伊州)에서 의관(醫官)으로 벼슬을 하였고, 류몬 때에 와서 삭적(削籍) 당하여 용문산(龍門山)에 은거해 학문을 닦다가 오규 소라이(荻生徂徠)를 흠모하게 되어 에도로 이주하였으며, 당시 대표적인 고학파(古學派)의 인물로 활동했다. 류몬은 무진사행(戊辰使行, 1748년) 때에도 박경행(朴敬行, 1710~?), 이봉환(李鳳煥, ?~1770), 이명계(李命啓, 1714~?) 등 조선 문사들과 필담 및 창화를 했던 경험이 있다.

1763년 계미(癸未) 통신사 필담에 참여한 조선의 문사들은 제술관 남옥(南玉, 1722~1770), 서기 성대중(成大中, 1732~1812), 원중거(元重擧, 1719~1790), 김인겸(金仁謙, 1707~1772), 정사 반인(伴人) 홍선보(洪善輔, 1712~?), 조동관(趙東觀, 1711~?), 부사 반인 김응석(金應錫, 1715~?), 종사관 반인, 차상통사(次上通事) 이명지(李命知, 1726~?), 화원 김유성(金有聲, 1725~?), 압물판사(押物判事) 유도홍(劉道弘, 1718~?), 압물판사 이언진(李彦瑱, 1740~1766) 등이 있다.

『동사여담』의 구체적인 내용을 보면, 앞머리에 시부이 다이시쓰(澁井太室, 1720~1788), 미야타 아키라(宮田明, 1718~1783)와 미야세 류몬이 지은 서문이 실려 있다. 류몬은 서문에서 조선의 사신들과 만나게 된 경위를 밝혔고, 그가 직접 만나본 조선 문사들의 외모적 특징과 성격 등 인상에 대해 일일이 서술하였다. 또한 제술관과 세 서기 및 역관, 화원 등 15인의 초상화와 함께 그들의 인적사항을 간략하게 기록하였다. 상권에서는 3월 7일 류몬과 미야타 아키라가 기노 고쿠즈이(紀國瑞)를 통해 제술관과 세 서기 및 조동관 등을 만나 필담한 내용을 수록하고 있다. 하권에서는 3월 10일 다시 가토 류오카(加藤龍岡)가 거처하고 있는 방과 제술관과 세 서기의 방, 그리고 이언진의 방에 각각 드나들면서 조선 문사들과 필담 창수한 내용들이 수록되어 있다. 부록에는 40수의 수창시를 수록하였다.

주목할 만한 점은 미야세 류몬이 이언진과 나눈 두 차례 명나라의 왕세정(王世貞)과 이반룡(李攀龍)에 관한 필담 내용을 들 수 있다. 두 사람은 왕·이를 학문의 근간으로 삼고 있으며, 그러한 서로에 대해 무한한 공감과 흠모의 감정을 느끼고 있다. 특히, 고문사를 창도(倡導)하고 있는 류몬의 입장에서는 천하의 지기를 얻은 것 같은 희열을 금치 못한다. 뿐만 아니라 두 사람은 상대방의 입장에 서서 진심 어린 근심과 충고도 아끼지 않는다. 하지만 두 사람의 왕·이에 대한 입각점과 견해에는 미묘한 차이가 존재하기 나름이다. 조선 사대부의 일원으로서의 이언진 또한 이역(異域)에 와 있는 몸이긴 하지만, 정·주(程朱)만을 존숭하는 조선이란 유학 사회의 언론 속박에서 벗어나, 자신의 주장을 자유롭게 펼쳐 보이기엔 다소나마 한계가 존재했던 모양이다.

『동사여담』은 현재 두 가지 간본(刊本)이 남아 있는데, 필사본은 무큐카이 신슈문고(無窮會神習文庫)에, 목판본은 도호쿠대학 가노문고(東北大學狩野文庫)에 소장되어 있다. 본 번역서는 후자를 저본(底本)으로 삼고 있으며, 2권 1책으로 구성되어 있다.

동사여담(東槎餘談) 서(序)

『동사여담』은 유문익(劉文翼)이 빈관(賓館)에서 한국의 학사(學士)와 서기(書記)들을 만나 주고받은 시(詩)와 필담(筆談)한 글이다. 저 학사와 서기들은 비록 하룻밤을 자더라도 붓과 먹을 많이 가지고 가서 진을 펼치고 각축하지 않는 날이 없으니, 만리(萬里)의 먼 길이나 한 해가 넘는 오랜 세월에 걸쳐 지나간 바의 여러 후왕(侯王)의 나라에서 벼슬아치(縉紳)가 어찌 한이 있겠는가? 편집하여 책을 이룬 것에 이르러서는 이루 다 헤아릴 수 없는 것도 또한 당연하다.

그러나 사람을 만남에 있어서 어려움도 있고 쉬움도 있는 것은 어찌 그러한가? 관사(館舍)가 어지럽고 시끄러워 말을 가려 쓸 겨를이 없었으므로, 이따금 전아(典雅)하고 순정(純正)치 못한 글을 짓게 되었다. 전아하고 순정한 글은 비교하건대 정시(正始)의 음(音)이니, 차서(次序)를 잘 엮어내지 못하면 혹 원본(院本)의 류(流)에 가까울 것이다. 이와 같다면 어찌 붓을 들기에 어렵지 않겠는가?

문익(文翼)이 참으로 강개(慷慨)하고 기(氣)를 숭상하여 고문사(古文辭)로 한 시대에 이름을 떨쳤으니, 어려운 것을 쉽게 여긴 자였다. 경박한 소년들이 서로 비위를 맞추거나 서로 아첨을 하고, 사석(私席)에서 허황한 말을 하면서 모르는 것을 긍지로 여기는 자는 어찌 말하는 것을 경솔하게 하지 않는다고 하겠는가?

문익은 진실로 남을 빌리어 자기를 중하게 여기지 않고 먼 나라 사람을 보고 싶어 하여 그 풍속을 묻고 들으니 그 쉬운 것을 어렵게 하는 자이다. 무릇 문필에 종사하는 자는 한 시대에 이름을 떨치니 한번 만나 보는 것은 인정이 그런 것이다. 하물며 저 멀리 떨어진 나라에서 응대하기 위해 선발된 사람임에랴. 어쩌다 보고 싶지 않은 사람이 있다는 것은 인정이 아니다. 이 책을 열어서 한두 번 보고 난 뒤에 잠시 만났다가 잠시 헤어진 느낌이 드니 머금은 슬픈 느낌이 저절로 나오고 답답함을 드러내어 이별을 받아들임이 눈물이 흐르는 것을 금하지 못하는 것과 같은 것은 문익의 성품이 그러하기 때문이다. 그러나 그 업(業)의 가볍고 무거움은 이 책과 관계가 되는 것은 아니다. 진실로 그렇다면 제창한 바가 그 어려움을 쉽게 하고 그 쉬운 것을 어렵게 여기는 자일 것이다.

명화(明和) 갑신(1764) 추(秋) 다이시스 이 다카노리(太寶井孝德)[1] 씀.

---

1 에도시대 중기의 유학자. 1720~1788. 성은 시부이(澁井), 이름은 헤이(平) 혹은 다카노리(孝德), 자는 고쇼(子章), 호는 다이시쓰(太室)·다이테이산인(太定山人), 통칭은 헤이자에몬(平左衛門). 시모우사(下總) 사쿠라번(佐倉藩) 출신. 시부이씨(澁井氏)였는데 스스로 성을 이(井)로 바꾸었다. 14세 때 에도에 와서 린케(林家)에 입문, 이노우에 란다이(井上蘭臺)와 하야시 류코(林榴岡)에게 배웠다. 24세 때 사쿠라번 번주인 홋타 마사스케(堀田正亮)의 시독(侍讀)이 되었으며 이후 그 아들인 마사아리(正順) 2대에 걸쳐 번정(藩政)에 참여하여 신뢰를 얻었고, 주자학을 중심으로 문교(文敎)에 힘을 쏟아 교육자로서 뛰어난 공적을 남겼다. 1748년 통신사가 도쿠가와 이에시게(德川家重)의 습직(襲職)을 축하하기 위해 일본을 방문하였을 때, 에도에서 제술관 박경행(朴敬行), 서기 이봉환(李鳳煥)·유후(柳逅)·이명계(李明啓) 등 조선 문사와 교유하였다. 이때 주고받은 시문 등을 모아 『헌저고(獻紵藁)』를 엮었고, 그 중 일부는 『임가한관증답(林家韓館贈答)』에도 수록되어 있다. 1763년 통신사가 도쿠가와 이에하루(德川家治)의 습직을 축하하기 위해 일본을 방문하였을 때, 그 이듬해 시나가와(品川)와 에도 혼간지(本願寺)에서 제술관 남옥(南玉), 서기 성대중(成大中)·원중거(元重擧)·김인겸(金仁謙), 반인(伴人) 홍선보(洪善輔) 등 조선 문사와 교유하였다. 이때 주고받은 시와 필담 및 서신을 묶어 『가지조승(歌芝照乘)』과 『품천일등(品川一燈)』을 편찬하였고, 이 가운데 일부 수창시는 『한관창화속집(韓

한국(韓國)이 우리에게 대항하지 못한 지는 오래되었다. 신공황후(神功皇后)는 까마득하지만, 풍왕(豐王)이 한번 쳐들어가 거의 폐허로 만들었지만, 어질고 거룩한 신조(神祖)께서 언무(偃武)·선린(善隣)으로써 두 나라의 백성을 편안히 하셔서 굳은 맹약이 다시 찾아와 빙사(聘使)가 통하게 되었다.

이에 붓과 종이를 잡아 무기를 대신하였고, 시를 지어 칼로 찌르던 것을 바꾸었다. 저들은 중국의 속국이면서 스스로를 중화(中華)라고 여겼다. 대개 용투호쟁(龍鬪虎爭)이라 말하지 않음이 없었으니, 깃발을 빼앗거나 머리(귀)를 베는 것은 무인(武人)들이 능한 일이다. 말이 번거롭고 문장이 화려하여 우리에게 부합되지만, 지나침이 있었다. 그러나 나산자(羅山子; 하야시 라잔)가 요충을 꺾고 목을 매달았고, 백석(白石; 아라이 하쿠세키)씨가 여러 한림(翰林)들을 무찔렀으며, 그 나머지 영특한 선비나 뛰어난 백성들 가운데 용맹을 뽐낸 자가 세상에 적지 않았다.

문명(文明) 백년(百年)에 거유(鉅儒)들이 배출되어 문헌들이 모두 갖추어지니, 시서(詩書)의 가르침과 예악(禮樂)의 교화가 저절로 넉넉하게 되어 바깥 나라에 구할 필요가 없게 되었다. 조무래기 한국 문사들을 어찌 우리에게 비교하랴. 피차(彼此)를 살펴, 취하여 징험할 뿐이다.

올해 중춘(仲春)에 한사(韓使)들이 내빙(來聘)하였으니, 예전의 전례를 따른 것이다. 나는 한갓 초망지민(草莽之民)이어서 성대한 향례(享禮)를 참관할 수는 없었지만, 사적으로 만나서 논난(論難)하거나 힐문(詰問)하

館唱和續集)』에도 수록되어 있다. 또한 이 무렵에 나온 필담창화집 『강여독람(講餘獨覽)』·『경개집(傾蓋集)』의 서문도 지었다. 저서로는 도쿠가와 이에야스(德川家康)로부터 7대 가계까지의 통사(通史)인 『국사(國史)』와 『좌국통의(左國通義)』 등이 있다.

여 그들을 굽히는 것이 갑절이나 되었다. 이는 국가가 국빈(國賓)을 소중히 여기는 뜻이 아니니, 참으로 그렇게 할 수가 없다. 오직 시나 지어 뜻을 말하며[詩以言志] 붓으로 혀를 대신하여 아언(雅言)과 청담(淸談)을 주고받을 뿐이었으니, 어찌 (저들이) 우리의 기예를 맛보았겠는가?

그러나 그들의 말을 직접 듣고 그들의 모습을 마음껏 보니, 이목(耳目)을 넓히기에는 넉넉하였다. 비록 그러하나 (우리의) 말을 직접 듣고 (우리의) 용모를 마음껏 보았으니, 또한 이목(耳目)을 넓히기에는 충분하였을 것이다.

내가 류몬과 같이 한객(韓客)들을 보았는데, 유군(劉君)이 창수(唱酬)한 약간편(若干篇)을 남들에게 전하려 하지 않고 책상 위에 묶어 놓았다. 문인(門人)들이 옆에서 사적(私的)으로 기록하여 장중(帳中)에 감춰 두었지만, 외부 사람들이 찾아내어 구하는 자가 적지 않으므로, 간행(刊行)하여서 등사(謄寫)하는 번거로움을 그치게 하자고 간청하였다.

유군이 그 간청을 듣지 않을 수가 없어서, 드디어 나로 하여금 서문을 쓰게 하였다. 유군은 문장이 뛰어나서 세상에 이름났으며, 문집이 이미 간행되었으니, 이 작은 책은 굳이 말할 것도 못된다. 화주(華胄)를 절역(絶域)에 빛내고 동성(同姓)을 이양(異壤)에서 만나는 것도 기이한 일이라고 할 수 있으니, 시단(詩壇)에 전하는 것이 어찌 안될 게 있으랴. 문생(門生)들의 청(請)이 어찌 의당하지 않겠는가.

명화(明和) 원년(元年) 갑신(1764) 7월 미야타 아키라(宮田明)[2] 씀.

2 에도시대 중기의 유자(儒者). 1718~1783. 이름은 아키라(明), 자는 시료(子亮)·시킨(子欽), 호는 긴포(金峰)·우사이(迂齋), 통칭은 산에몬(三右衛門)·우에몬(宇右衛門). 야마

명화 원년 갑신년(1764) 봄 2월에 조선국 통신사가 내빙하였는데, 그들이 지나가는 지역의 학사·대부(大夫)·진신 선생(搢紳先生)들 가운데 책을 끼고 문필에 종사하는 이들이 각자 글을 지어 가지고 와 창수하였으니, 이는 예로부터의 관례에 따른 것이다. 이에 동도(東都)의 여러 문학(文學)들이 붓을 빨며 사신들을 기다렸고, 우리 당(黨)의 소자(少子)들도 기뻐하며 그들의 뛰어난 재주를 시험해 보고자 하는 것이 끝이 없었다. 소자들이 모두 이러한 일을 즐거워하며 권하려 하기에, 내가 웃으며 말하였다.

"그대들은 충분한 시간을 들여 심사숙고하며 글을 지음으로써 이 나라에 사람이 있음을 과시한다. 또한 대답하기 어려운 질문을 미리 준비하고 찾아가서 한인들을 시험해 보고, 그들이 대답하지 못하면 거만하게 '한인들이 크게 부끄러워했다'고 말한다. 또한 시험 삼아 그대들의 재주를 보였다가 그들로부터 한 마디 칭찬이라도 들으면 이를 평생의 영광으로 생각하여, 분한 마음으로 떠들고 다투던 것을 그만둔다. 한인은 우리에게 큰 손님이니, 우리가 어떠한 예로 대해야 하겠는가. 더구나 연향(延享)에 사신이 내빙했을 때[3] 객기(客氣)를 누르지 못하고 저들에게 말단의 재주를 징험하자, 저들은 겨와 쭉정이를 취하여 키질하고 까부르는 것[4] 같이 하였다. 한번 질문하면 저들은 대답을 미루며 예봉(銳鋒)

토(大和) 고리야마번(郡山藩) 출신. 다자이 슌다이(太宰春臺)에게 배웠고, 선조가 후한(後漢) 헌제(獻帝)의 손자 지하혈대촌왕(志賀穴大村王)으로부터 나왔다고 하여 유씨(劉氏)라고 칭한 미야세 류몬의 친구이다. 1763년 통신사가 도쿠가와 이에하루의 습직을 축하하기 위해 일본을 방문하였을 때, 그 이듬해 에도에서 조선의 제술관 남옥, 서기 성대중·원중거·김인겸 등과 교유하였고, 이때 시를 주고받은 기록이 남옥의 『일관기(日觀記)』에 남아 있다. 스승인 다자이 슌다이와 함께 『노자특해(老子特解)』를 편찬하였다.

3 연향지빙(延享之聘) : 1748년의 통신사를 말한다.

을 피했고, 말을 피하고 대충 응대하면서 자고 먹기에 겨를이 없었다. 또한 '일을 처리하느라 사관(使館)에 들어가야 한다'며 가버렸다. 나는 이와 같은 일들을 경계하며, '(저들이) 어찌 작은 짐승을 상대하는데 강노(强弩)를 쏘겠는가. 정녕 부득이했을 뿐이다.'라고 생각한다. 내 어찌 백면소년 때의 기량을 흉내 내겠는가."

이윽고 한사가 동도에 들어오자 문예에 능한 선비들은 모두 미치다시피 하였는데, 나는 그 즐거움을 알지 못하였다. 처음에 대주(大洲)의 대부 류오카(龍岡) 군이 나에게 배우면서 서로 친하게 되었는데, 그가 마침 갑작스럽게 객관사(客館使)가 되었다. 대부가 (사신을) 수행하여 객관에 머물렀으므로, 이에 아들 여장(如璋)을 데리고 가서 안부를 물었다. 문득 객관을 지나며 막료들의 방을 이리저리 살펴보다가 소동(小童)·하료(下僚)와 함께 농담하며 담소했는데, 그들이 신통하게도 말을 알아듣고 우리말도 제법 할 줄 알아서, 역관도 없이 서너 시각 담소하다가 날이 저물어 돌아왔다. 그러나 아직 사신들과 함께 창화(唱和)할 뜻이 있는 것은 아니었다.

나의 벗 미야타 아키라(宮子亮)[5]가 여러 학사들과 모임을 가졌는데, 그 모임에서 필담 창화한 글을 가지고 나를 방문하였다. 내가 그 글을 읽어 보니 연향 때[6] 보았던 학사들과는 하늘과 땅의 차이가 있음을 알

4 기강비이파양(其糠粃而簸颺) : 진(晉) 나라 때에 손작(孫綽)이 습착치(習鑿齒)와 동행을 하는데, 손작이 뒤에 있는 습착치를 돌아보며 조롱하기를, "사태(沙汰)가 나는 데는 돌과 자갈이 뒤에 처진다.[沙之汰之, 瓦石在後.]"하니 습착치가, "키질하여 까부르니 겨와 쭉정이가 앞에 나간다.[簸之揚之, 糠粃在前.]"하였다.

5 궁전명(宮田明) : 1718~1783. 미야타 아키라. 호는 금봉(金峰).

6 연향 5년(1748)에 정사 홍계희(洪啓禧)가 통신사행을 인솔하여 왔는데, 이때의 제술관은 박경행(朴敬行), 서기는 이봉환(李鳳煥), 유후(柳逅), 이명계(李命啓)였다.

수 있었다. 아키라가 학사들과 만난 일을 조곤조곤 말하는 것이 여기에 그치지 않자, 옛날 소년 때의 행태가 다시 일어나 재주를 펴 보이고 싶어 안달하는 마음[7]이 그치지 않았다. 이에 류오카 군과 객관에서 노닐다가 쓰시마 재판관(對馬裁判官) 기백린(紀伯麟)을 아는 사람이 있기에 그를 통해 청을 넣자 백린이 통역을 불러 나를 따르게 하고, 학사와 세 서기가 있는 방으로 인도해 주었다.

통역이 알린 뒤에 각자 서로에게 읍하였다. 나는 명함을 건네고, 곧이어 시를 지어 주었다. 학사들은 각각 흰 겹옷과 말총으로 만든 검은 망건을 쓰고, 가죽으로 만든 요를 깔고 앉아 있었다.

추월(秋月)은 키가 작고 왜소하였으며, 검은 피부에 입이 크고 수염이 풍성하였다. 눈빛이 혁혁히 빛나 쏘는 듯하였으며, 호걸스러운 풍채에 자못 사람을 깔보는 오만한 사람 같았다.

용연(龍淵)은 검은 귀밑털에 낯빛이 희고 곱상하였다. 수염이 없고 재주와 지혜가 뛰어났으며 담소를 잘하여, 보는 이로 하여금 위세마(衛洗馬)[8]를 연상케 하였다.

현천(玄川)은 옥을 깎아놓은 듯 준수하고 수염이 적으며 얼굴이 갸름하였는데, 맑고 고상하여 공경할 만하였다.

퇴석(退石)은 하관이 풍만하고 얼굴이 검으며, 동그란 눈에 수염이 많았다. 온화하고 공손하기가 시골 사람 같았고, 응수하기에 힘썼다.

---

7 기양(技癢) : 자신의 기예(技藝)를 발휘하고 싶어서 몹시 안달하는 것을 이른다.

8 위세마(衛洗馬) : 세마(洗馬) 벼슬을 한 위개(衛玠)를 말한다. 진(晉)나라 안읍(安邑) 사람인데 자는 숙보(叔寶)이다. 풍신(風神)이 수이(秀異)하여 벽인(璧人)이라고 했는데 그 말은 구슬같이 아름답다는 말이다. 벼슬은 태자세마(太子洗馬)였다. 뒤에 건업(建業)에 옮겨 갔는데 그를 보려는 사람들이 구름처럼 모였었다.

요컨대 추월과 용연은 풍류가 있으면서 고상하였고 현천과 퇴석은 종종 두건의 기상[9]을 내보여 완연히 도학 선생의 풍모가 있었다.

화산(華山)은 각 진 얼굴에 수염이 적으며 풍채가 장대하였고, 온후하여 유사(儒士)의 풍모가 있었다.

묵재(默齋)의 자태는 크고 장대하며, 얼굴에 살이 도톰하였고 수염이 적었다. 기상이 활달하여 얽매임이 없었으며, 말총으로 만든 갓[驄笠]과 군복 차림으로 가슴을 펴고 활보하였다. 바라보면 심히 빼어나 글을 청하는 이들이 에워쌌다. 거침없이 붓을 휘둘러 응수하며, 조금도 거절하지 않고 대부분 시를 지어 주었다. 짧은 시간에 수십 수를 지었으며, 그 뛰어난 재능이 아낄 만하였다.

운아(雲我)는 용모가 준수한 젊은이로, 수염이 없었다. 말하고 웃는 모습이 사랑스러웠으며, 빼어난 재주가 눈썹과 이마 사이에 드러났다. 그가 토해내는 말은 다른 소소한 사람들과는 비교가 되지 않았다. 그는 고문사(古文辭)에 뜻을 두어 왕세정과 이반룡을 숭상했으며, '학사·서기들은 속인이라 취할 점이 없다'고 하였다.

복재(復齋)의 의모(儀貌)는 정숙하고 근엄하여, 비록 군관의 복색이기는 하였으나 보는 이로 하여금 공경하고 두려워하는 마음이 들게 하였다. 그밖에 다른 이들은 온후문약(溫厚文弱)하여, 언행에 모나거나 어긋남이 없었다.

무릇 한인의 문학이 비록 타고난 것이라고 하지만 어찌 우열의 차이가 없겠는가. 그러나 그에 대해서는 논하지 않겠다. 그 장복(章服)과

9 두건기상(頭巾氣象) : 진(晉)나라 도잠이 늘 술이 익을 때면 머리에 쓴 갈건(葛巾)을 벗어서 술을 걸러 마시고는 다시 그 갈건을 쓰곤 했다는 데서 온 말이다.

같은 것은 명나라 제도의 유풍(遺風)을 본받아, 오랑캐인 청의 풍속을 능가하는 것이 많았다. 때문에 그들의 학술이나 사장은 논하지 않았으나, 그 의관문물(衣冠文物)에서는 깊이 취함이 있었다.

무릇 연향 때 빙문한 학사들이 머뭇거리며 우리의 필봉을 피한 것은 이유가 있었다. 즉 저들이 우리에게 상무(尙武)의 풍속이 있다고 여기고, 우리가 문사 대하기를 변모(弁髦)[10]와 같이 한다고 말하는데도 이에 대해 경계하고 삼가지 못하여 모르는 사이에 패하게 되었던 것이다. 이번에 온 한인들이 어찌 징계하는 바가 없겠는가.

지금 문교(文教)가 크게 떨쳐져, 오척동자 중에 문필에 종사하는 자라면 예전의 아몽(阿蒙)[11]이 아니다. 옛날 유세룡(柳世龍)[12]이 무사(武事)에 있어 징비(懲毖)한 바가 있었고, 지금은 또한 한인들이 문사(文事)에 있어 징비하는 바가 있을 것이다.

연향의 빙사는 성균관의 재주 있는 선비를 택하여 문사에 종사하도록 하였다. 이번에 온 학사들은 현감이거나 찰방이며, 성균관 진사는

10 변모(弁髦) : 변(弁)은 치포관(緇布冠)으로 관례(冠禮)를 행하기 전에 잠시 쓰던 갓. 모(髦)는 총각의 더벅머리. 관례가 끝나면 모두 소용없게 되므로 전하여 쓸데없는 물건이라는 뜻의 비유로 쓰인다.

11 아몽(阿蒙) : 중국 삼국시대 여몽(呂蒙)을 가리킨다. 손권(孫權)이 여몽에게 "그대는 지금 중요한 일을 관장하고 있으니 응당 학문에 힘써서 식견을 넓혀야 할 것이다."라고 충고하였는데, 여몽이 그때부터 부지런히 독서하여 상당한 발전이 있었다. 후에 노숙(魯肅)이 여몽을 찾아가서 담론하였는데 번번이 여몽에게 굴복을 당하자, 노숙이 여몽의 등을 두드리면서 "나는 그대가 일개 무골(武骨)일 뿐이라고 생각했는데, 이제 보니 학식도 뛰어나서 이미 예전의 오나라의 아몽이 아닐세그려."라고 하였다. 그러자 여몽이 "선비는 이별한 지 3일이면 눈을 비비고 다시 봐야 합니다." 하였다. 『삼국지(三國志)』 권54 「오서(吳書)」 〈여몽열전(呂蒙列傳)〉

12 유세룡(柳世龍)은 유성룡(柳成龍)을 가리킨다. 단순한 오기(誤記)인지, 류몬이 실제 유성룡을 유세룡으로 알고 있었는지는 알 수 없다.

퇴석 한 사람 뿐이다. 요컨대 팔도에서 재주가 뛰어난 이를 가려 뽑은 것이니, 이것이 그 증거이다. 동곽(東郭) 이래 비로소 추월이 있으니, 이는 다만 한인을 칭송하고자 함이 아니라 또한 우리나라 문사들을 위해 토로하는 것이다.

요사이 한인들의 시를 기왓장이나 돌덩이에 비유하는 사람이 있는데 이는 내가 말했던 것처럼 한인들이 겨와 쭉정이를 키질하여 까부르듯 대충 응대했기 때문이다. 내가 시험 삼아 여러 소자들이 창수한 바를 읊어보니 모두 기왓장이나 자갈더미와 같아서, 걸러내고 보지 않는다면 풍아(風雅)[13]한 시문이라 하기 어려웠다. 다만 오당(吾黨)에게 준 시는 외워 읊을만한 것들이 많았으니 또한 유의해야 할 듯하다. 그러한즉 한인들의 미추(美醜)는 요컨대 조화를 이루는 것에 있다. 내가 다행히 꺼릴 것 없는 세상을 살면서 여러 번 다른 나라 사람을 접하며 한 자리에서 수십 장의 필화를 나눌 수 있었으니, 이를 기록하여 호사(好事)의 문사들에게 전할 뿐이다.

13 풍아(風雅) : 『시경(詩經)』의 「국풍(國風)」과 「대아(大雅)」·「소아(小雅)」를 말하는데, 전하여 바르고 고상한 시문(詩文)의 비유로 쓰인다.

명화 원년 갑신년(1764) 하(夏) 6월 난키[南紀] 사람 유유한(劉維翰)은 책머리에 쓰다.

일본(日本)

유유한(劉維翰). 자(字) 문익(文翼), 호(號) 류몬(龍門), 난키[南紀] 사람, 기해(己亥)생 46세.

조선(朝鮮)

남옥(南玉). 자(字) 시온(時韞), 호(號) 추월(秋月), 제술관(製述官), 전 결성태수(潔城太守), 임인(壬寅)생 43세.

성대중(成大中). 자(字) 사집(士執), 호(號) 용연(龍淵) 창녕인(昌寧人), 정사(正使) 서기(書記), 전 은계찰방(銀溪察訪), 임자(壬子)생 33세.

원중거(元仲擧). 자(字) 자재(子才), 호(號) 현천(玄川), 원성인(原城人), 부사(副使) 서기(書記), 전 장흥고봉사(長興庫奉事), 기해(己亥)생 46세.

김인겸(金仁謙). 자(字) 사안(士安), 호(號) 퇴석(退石), 안동인(安東人), 종사관(從事官) 서기(書記), 성균(成均) 진사(進士), 정해(丁亥)생 59세.

오대령(吳大齡). 자(字) 대년(大年), 호(號) 장호(長滸), 해주인(海州人), 상판사 한학 상통사(上判事漢學上通事), 전 사역원 첨지(司譯院僉知), 신사(辛巳)생 63세.

이명지(李命知). 자(字) 성흠(聖欽), 호(號) 송담(松潭)·벽하(碧霞), 금산인(金山人), 차상통사(次上通事), 전 사역원 부봉사(司譯院副奉事), 무신(戊申)생 39세.

유도홍(劉道弘). 자(字) 사행(士行), 호(號) 수헌(水軒), 청주인(淸州人), 압물판사(押物判事), 전 사역원 첨정(前司譯院僉正), 무술(戊戌)생 47세.

이언진(李彦瑱). 자(字) 우상(虞裳), 호(號) 담환(曇寰)·운아(雲我), 계림인(雞林人), 압물판사(押物判事), 전 사역원 한학 주부(司譯院漢學主簿), 경신(庚申)생 25세.

조동관(趙東觀). 자(字) 성빈(聖賓), 호(號) 화산재(華山齋)·화천(華川), 풍양인(豐壤人), 통덕랑(通德郞), 정사의 숙부로서 일본을 구경[觀國]하기 위해 왔음, 54세.

김응석(金應錫). 자(字) 규백(奎伯), 호(號) 복재(復齋), 전 월송(月松) 만호(萬戶), 부사(副使) 반인(伴人), 50세.

홍선보(洪善輔). 자(字) 성좌(聖左), 호(號) 묵재(默齋), 통덕랑(通德郞), 종사관(從事官) 반인(伴人), 53세.

남두민(南斗旻). 자(字) 천장(天章), 호(號) 주애(舟崖), 영양인(英陽人), 전 전의감(典醫監) 생(生), 을사(乙巳)생 40세.

김유성(金有聲). 자(字) 중옥(仲玉), 호(號) 서암(西巖), 김해인(金海人), 서원(畫員), 전 문성(文城) 첨사(僉使), 을사(乙巳)생 40세.

남옥(南玉). 자(字) 시온(時韞), 호(號) 추월(秋月), 제술관(製述官), 전 결성태수(潔城太守), 임인(壬寅)생 43세.[14]

14 조선측 필담 참여자 명단이 겹치는 것처럼 보이는데, 앞에는 류몬(龍門)이 자신을 포함한 필담 참여자 전체 명단을 정리한 것이고, 여기부터는 조선측 참여자 초상화에 인적사항을 소개한 것이다.

정사(正使) 서기(書記), 전 은계 찰방(銀溪察訪), 종6품, 성대중(成大中). 자(字) 사집(士執), 호(號) 용연(龍淵)·창산(昌山), 창녕인(昌寧人), 임자(壬子)생 33세.

부사(副使) 서기(書記), 전 장흥고(長興庫) 봉사(奉事), 종8품, 원중거(元仲擧). 자(字) 자재(子才), 호(號) 현천(玄川), 원성인(原城人), 기해(己亥)생 46세.

종사관(從事官) 서기(書記), 성균(成均) 진사(進士), 김인겸(金仁謙). 자(字) 사안(士安), 호(號) 퇴석(退石), 안동인(安東人), 정해(丁亥)생 59세.

상판사(上判事), 전 사역원(司譯院) 첨생(僉生), 한학 상통사(漢學上通事), 종4품, 오대령(吳大齡). 자(字) 대년(大年), 호(號) 장호(長滸), 해주인(海州人), 신사(辛巳)생 64세.

차상판사(次上判事), 전 사역원(司譯院) 부봉사(副奉事), 종4품, 이성흠(李聖欽), 이름 명지(命知), 호(號) 송담(松潭)·벽하(碧霞), 금산인(金山人), 무신(戊申)생 36세.

압물판사(押物判事), 전 사역원 첨정(前司譯院僉正), 종4품, 유도홍(劉道弘). 자(字) 사행(士行), 호(號) 수헌(水軒), 청주인(淸州人), 무술(戊戌)생 47세.

압물판사(押物判事), 전 사역원 한학 주부(司譯院漢學主簿), 이언진(李彦瑱). 자(字) 우상(虞裳), 호(號) 담환(曇寰)·운아(雲我)·탄등자(誕登子), 계림인(雞林人), 경신(庚申)생 25세.

정사(正使) 반인(伴人), 통덕랑(通德郎), 정5품, 조동관(趙東觀). 자(字) 성빈(聖賓), 호(號) 화산재(華山)·화천(華川), 신묘(辛卯)생 54세, 풍양인(豐壤人), 정사의 숙부로서 일본을 구경[觀國]하기 위해 왔음.

종사관(從事官) 반인(伴人), 통덕랑(通德郎), 정5품, 홍선보(洪善輔). 자(字) 성좌(聖左), 호(號) 묵재(默齋), 임진(壬辰)생, 53세.

부사(副使) 반인(副使伴人), 전 월송(月松) 만호(萬戶), 종4품, 김응석(金應錫). 자(字) 규백(奎伯), 호(號) 복재(復齋), 50세.

화관(畫官), 전 문성(文城) 첨사(僉使), 김유성(金有聲). 자(字) 중옥(仲玉), 호(號) 서암(西巖), 김해인(金海人), 을사(乙巳)생 40세.

의원(醫員), 전 전의감(典醫監) 정(正)[15], 부사용(副司勇), 남두민(南斗旻). 자(字) 천장(天章), 호(號) 주애(舟崖), 영양인(英陽人), 을사(乙巳)생 40세.

15 본문에는 生으로 되어 있으나 正으로 수정함.

통인(通引)과 소동(小童)은 관인방(官人房)에서 심부름을 한다.

노복(奴僕)은 각기 그 주인(主人)에게 속해 있다.

관인(官人) 13명과 소동(小童)·노복(奴僕)은 각기 그 모습 그대로를 그려 호사가(好事家)들을 위해 남겨 놓는다.

동사여담 상

난키[南紀] 유유한(劉維翰) 문익(文翼) 편집

필담(筆談)

명화(明和) 원년 갑신년(1764) 2월에 조선국의 사신이 내빙(來聘)하였다. 이에 3월 4일 대주(大洲)의 대부 등성장(滕成章) 자(字) 자문(子文)을 통해 객관에 도착하였고, 같은 달 7일 쓰시마 재판관(對馬裁判官) 기노 고쿠즈이(紀國瑞) 자(字) 백린(伯麟)에게 청하여 학사(學士)와 세 분 서기(書記)를 알현하였다.

명함[名刺]

저의 성(姓)은 유(劉), 이름은 유한(維翰)이고 자(字)는 문익(文翼), 호(號)는 류몬(龍門)이며 난키[南紀] 사람으로 46세입니다. 저의 조상은 동한(東漢) 헌제(獻帝)의 자손으로, 선위(禪位) 받은 위(魏)의 조비(曹丕)가 제손(帝孫)을 폐하자 응신(應神) 천황 때에 바다를 건너 귀화하였습니다. 이때 환제(桓帝)·영제(靈帝)의 자손들도 연이어 건너와 우리나라에는 한(漢) 황실의 후예들이 많이 살고 있습니다. 저는 그중의 한 사람입니다.

천황은 저의 조상에게 근강국(近江國)의 석록군(石鹿郡)을 후세의 지하군(志賀郡) 채지(采地)로 내려 주어 석록(石鹿) 유(劉)씨가 되었습니다. 자손이 번창하여 대대로 천조(天朝)에서 벼슬하며 작록(爵祿)을 받아 왔습니다. 천황의 세계(世系)가 쇠퇴하며 교전(交戰)이 연이어 일어나게 되자 결국 봉작(封爵)을 잃어 지금은 벼슬이 없습니다. 저는 어려서부터 학문에 뜻을 두었고 장성해서는 동도(東都)를 유랑하였습니다. 번후(藩侯)들의 초빙을 사양하고, 은거하며 가르치는 것을 업으로 삼고 있습니다.

류몬이 말하였다.[1] "사신의 행차에 만복이 있어 이곳 동도에 이르셨으니 경하드립니다. 여러분들께서 동쪽으로 향해 오신다는 소식을 듣고, 명함을 들고 객관으로 달려와 빛나는 풍모를 접하고자 하였습니다. (그러나) 나라에 법이 있어 지체 높은 사신이 머무는 객관에 들어올 수 없었습니다. 제가 가등후(加藤侯)의 번에 대부로 있는 가토 류오카(加藤龍岡)란 사람과 친구입니다. 우연히 그의 집을 지나가다 안부 차 들렀고, 또한 쓰시마 기백린(紀伯麟)과도 안면이 있습니다. 때문에 이렇게 가까이 공들을 뵙고 오랜 숙원을 풀게 되었으니 매우 다행입니다."

(류몬이) 또 말하였다. "제가 제군(諸君)들을 위해 「야유만초(野有蔓草)」[2]장을 지을 수 있습니다. 저는 일찍이 기번(紀藩)에서 대부(大父) 벼

1 여기부터가 필담을 주고받는 시작이다. 필담은 말하는 것이 아니라 쓰는 것이지만, 본문에 '왈(曰)'이라고 되어 있으므로 편의상 '말하였다'라고 번역하였다.

2 야유만초(野有蔓草) : 『시경(詩經)』「정풍(鄭風)」〈야유만초(野有蔓草)〉에 "들에 만초가 있으니, 내린 이슬이 흠뻑 맺혀 있도다. [野有蔓草, 零露瀼瀼.]" 하였다. 주희는 이를 남자와 여자가 들밭 초로(草露) 사이에서 만나는 것을 읊은 시라 하여 음풍(淫風)이라 단정하였으나, 논자에 따라서는 현자(賢者)들이 서로 증여(贈與)한 시로 보기도 한다.

슬을 하였는데 직무를 수행하는 제후(諸侯)를 좇아 동도에 머물다가 귀국의 학사 취허(翠虛) 성 선생(成先生)[3]과 서로 만나 필담을 나누었고, 무진년(1748)에는 구헌(矩軒) 박 선생, 제암(濟庵)·해고(海臯) 두 분 이 선생(李先生)과 함께 해외의 친교를 맺었습니다. 지금 다시 여러 선생들과 해후하게 되었으니 실로 저의 소원이 이루어졌습니다. 아름답고 훌륭한 자취[芳躅]가 대를 이어 전해졌다고 할 만합니다. 박 선생과 두 분 이 선생은 안녕하십니까? 돌아가시면 번거로우시더라도 제 인사를 전해주십시오."

추월(秋月)이 말하였다. "용연(龍淵)은 취허(翠虛)옹의 종증손(從曾孫)입니다. 박 선생과 두 분 이 선생은 모두 안녕하십니다. 돌아가면 마땅히 성의(盛意)를 전하겠습니다."

류몬이 말하였다. "취허 선생의 종증손과 함께 다시 천리(千里)의 신교(神交)를 맺다니 정말 기이한 인연입니다."

용연이 말하였다. "만리의 사귐에 이미 위안과 행복이 지극하니, 대를 이은 우호야 말해 무엇하겠습니까. 오늘 밤 한가로이 담소를 나누며 이 기이한 인연을 다해 봅시다."

류몬이 말하였다. "제가 어리석고 졸렬하여 대업(大業)을 이루기 어렵습니다. 저희 무리[吾黨]가 망령되이 천박한 저의 재주를 믿고서, 문인들이 보잘것없는 제 글을 억지로 판각하여 후세에 오명(汚名)을 남겼습니다. 초고(初稿) 6권과 이고시부(二稿詩部) 3권을 삼가 공께 올립니다. 가지고 돌아가 대방(大邦)에 알려 주신다면 다행이겠습니다. 문부(文部) 3권은 이미 인쇄에 들어갔으나 그 공정(工程)이 아직 끝나지 않아 바치지

3 기해(1719) 통신사의 부사 서기인 성몽량(成夢良)을 가리킨다.

못하니 유감스럽습니다. 그 밖의 보잘것없는 글들을 필사하여 바칩니다. 남아는 이별을 가벼이 여기나, 지금의 이별은 그렇지 않습니다. 영역을 달리하여 이역으로 나뉘어지니 다시 만날 기약이 없습니다. 이별 후 졸고를 던져 버리지 마시고, 멀리서나마 잊지 않고 생각해주시면 다행이겠습니다."

현천(玄川)이 말하였다. "고운(高韻)은 마땅히 받들어 화답해야 하나 글을 짓기에는 저희들이 매우 번잡한 상황이고, 또한 맡은 바 임무를 다하고 장차 돌아가야 합니다. 귀하의 글을 살펴볼 겨를이 없을 터이니, 가지고 돌아가 고풍(高風)을 우러르겠습니다. 용서하십시오."

추월이 말하였다. "만나 알게 된 지 얼마 안 되어 이별하는 것은 옛사람도 슬퍼하였습니다. 그러나 (공의) 훌륭한 글을 가지고 돌아가니 때때로 생각할 것입니다."

긴보오(金峰) 궁자량(宮子亮)이 앞으로 나아가 앉으며 말하였다. "류몬은 저술이 많습니다. 저와는 친구입니다."

추월이 말하였다. "류몬의 저술은 명성 아래 헛된 선비가 없음을 보여줍니다. 내가 일동(日東)에 와서 허다한 시를 접하였으나, 아직껏 류몬의 시와 같은 것은 보지 못하였습니다. 정말 훌륭합니다."

류몬이 말하였다. "제가 비록 한나라 황실의 후예이지만, 지금은 서인(庶人)이 되어 선생 노릇으로 입에 풀칠을 하고 있으니[4] 비천하게 영락하였음은 족히 말할 것도 없습니다. 우리 선조가 만약 일본으로 옮겨오지 않았더라면 저는 중국 땅에서 나고 자랐을 것이고, 혹 과거에 급제하여

4 속수(束脩) : 열 마리 묶음의 건포(乾脯)인데, 스승을 처음 찾아뵐 때 드리는 예물이다.

관복을 차려입은 엄연한 모습이 공들과 같았을지도 모릅니다. 그러나 지금 일본 땅에서 생장하여 청나라 사람들의 의복을 착용하지 않고 변발과 좌임(左衽)의 풍속을 면하게 되어 다행입니다. 유한(維翰)이 비록 망국의 후손이지만, 홀로 다행이라 여겨 기쁩니다."

용연이 말하였다. "중국[神州]에 대해 눈물을 흘리는 것은 뜻있는 선비들이 모두 그렇습니다. 오직 우리나라만이 의관(衣冠)을 온전히 보존하였으니, 류몬께서 한나라를 생각하며 눈물이 흐르는 것을 스스로 금하지 못하는 것은 당연합니다."

류몬이 말하였다. "그대와 말하노라니, 예전 세상이 생각나서 거의 흐느껴 탄식할 것만 같습니다."

현천이 말하였다. "중국 땅이 오랑캐의 풍속으로 뒤덮였으니[5] 천고에 다시없을 슬픔입니다."

류몬이 말하였다. "우리나라의 성악(聲樂)에는 2부(二部)가 있고, 또 신악(神樂)과 풍요(風謠)가 있습니다. 하나는 수·당(隋唐)의 유음(遺音)인데, 우리 선왕(先王)께서 수·당에 사신을 파견하여 전래된 것이니 실로 삼대(三代)의 유제(遺制)입니다. 다른 하나는 고려의 유보(遺譜)이니, 바로 귀방(貴邦)의 음악입니다. 제가 성악을 몹시 좋아하여 고려부에서 사용하는 피리[笛]를 구경해 보시라고 가지고 왔는데, 귀국 사행

5 이천피발(伊川被髮) : 예(禮)가 없어져 장차 야만의 땅이 될 것이라는 뜻. 주(周) 평왕(平王)이 동천(東遷)하였을 때 대부(大夫) 신유(辛有)가 이천(伊川)에 갔는데, 그 곳에서 산발하고 들에서 제사하는 자를 보고는, "백년이 못되어 이 곳이 융(戎)이 되리라. 예가 먼저 없어졌구나."하였는데, 과연 양왕(襄王) 때에 진(晋)나라가 육혼(陸渾) 땅의 융을 이천으로 옮겼다. 이 문장에서는 청이 지배하는 중국이 오랑캐의 풍속으로 뒤덮였음을 탄식한 말이다.

단의 피리와는 서로 다릅니다."

용연이 말하였다. "누구의 물건입니까?"

류몬이 말하였다. "악관(樂官)에게 빌려 왔습니다."

용연이 말하였다. "우리나라의 피리와 같지는 않군요. 그대는 이 피리를 불 수 있습니까?"

류몬이 말하였다. "제가 연주하는 것은 수당부(隋唐部)의 피리로, 고려의 것보다 더 큽니다. 고려의 유보는 손을 빨리 놀리고 정교한데, 전해지지는 않고 있습니다."

류몬이 말하였다. "귀국의 악기 가운데 해금(嵇琴)이라는 것이 있는데, 이 악기를 볼 수 있을까요?"

용연이 말하였다. "악공(樂工)들이 있는 곳에 있을 텐데, 밤이 깊어서 가져오기가 어려우니 어찌해야 할지요."

류몬이 말하였다. "우리나라에는 귀국의 유종(遺種)이 많은데, 백제·고려·신라의 세 씨(三氏) 가운데 악관(樂官)된 이들이 많습니다."

추월이 말하였다. "세 나라의 자손이 제법 남아 있다고 말씀하시지만, 저들이 어찌 고향을 그리워하는 슬픔을 알겠습니까."

류몬이 말하였다. "삼국의 자손으로서 우리 선왕의 치세에 높은 벼슬을 한 사람이 적지 않습니다. 그 족성(族姓)이 여러 번부(蕃部)에 있으니, 만다친왕(萬多親王)[6]이 기록한 내용에서 볼 수 있습니다. 신라의 후예로서 지금 번(藩)의 제후가 된 사람은 야마구치씨(山口氏)이니, 바

6 811년 칸무텐노(桓武天皇, 제50대)의 다섯째 왕자 만다친왕(萬多親王, 788~830)이 사가텐노(嵯峨天皇, 제52대)의 명을 받들어 일본 고대왕실 족보인『신찬성씨록』을 편찬하였다. 여기에는 당시 일본 지배층 1,182개 성씨에 대한 내력이 담겨 있으며, 출신 성분에 따라 신별(神別), 황별(皇別), 제번(諸蕃)으로 나누어져 있다.

로 스오우쿠니[周防國]가 옛날에 봉해진 이름입니다. 오우치씨(大內氏)와 다타라씨(多多羅氏)도 모두 신라의 후예입니다.

제가 『징비록』을 읽어보니, 이 나라 사람으로서 귀국에 머물러 있는 자들이 있다는데, 지금도 그러한 사람들이 있습니까?"

추월이 말하였다. "물론 있겠지만, 민간에 있는 천한 사람들의 호적까지야 어찌 알겠습니까."

류몬이 말하였다. "『동국통감(東國通鑑)』 57권은 위로는 단군에서 시작하여 아래로 고려에서 끝납니다. 일찍이 들으니 문충공(文忠公) 서거정(徐居正, 1420~1488) 등이 이 책을 새롭게 개정 증보하여 전문(箋文)을 올려[7] 진상했다고 합니다. 그러한즉 귀국의 역사책입니다. 게다가 듣자 하니 이 책이 귀국에서 망실(亡失)되고 우리나라에만 남아 있다 하는데, 잘 모르겠습니다만 사실입니까? 이는 만력(萬曆) 임진년(1592) 정역(征役) 당시 약탈해 온 책인데, 수호(水戶)의 의공(義公)이 간행하여 세상에 널리 퍼뜨렸습니다. 나라에 금법이 있어 제 힘으로는 드릴 수 없으니 안타깝습니다."

추월이 말하였다. "『동국통감』은 우리나라에도 있습니다. 귀방(貴邦)에 전해지는 것은 생각건대 전쟁 중에 약탈해 간 판본일 것입니다. 우리나라에도 이미 가지고 있으니, 어찌 반드시 이방(異邦)의 판본을 볼 필요가 있겠습니까."

류몬이 말하였다. "그렇다면 우리나라에서 전해지는 말이 잘못된 것

7 원문의 상전(上箋)은 전문(箋文)을 올리는 것인데, 전문은 신하가 임금에게 경하(慶賀)·진사(陳謝) 등의 뜻을 아뢰는 글이다. 여기서는 『동국통감』 편찬을 마치고 왕에게 책을 올리며 그 경과를 아뢴 글이다.

인가 봅니다."

(류몬이) 또 말하였다. "여러 선생들께서 여러 지방을 지나올 때 참으로 문필에 종사하는 이들치고 누구인들 목을 길게 빼고 기다리고 서서 필봉을 갈고 닦지 않았겠습니까만, 오랜 여정으로 고달픈 데다가 응수하는 데에도 겨를이 없어 침식을 폐하는 지경에 이르렀음을 알게 되었습니다. (우리나라의) 소년배들과 명성을 탐내는 문사들이 마치 개미가 양고기에 꼬이듯 하는데도, 공들의 의론(議論)은 샘솟듯 하였고 붓놀림은 번개가 치는 듯하였으며 신기(神氣)는 더욱 장대하여 피곤해 하심을 보지 못하였습니다. (그러하니) 누구인들 광염(光焰)을 피하지 않겠습니까."

퇴석이 말하였다. "은혜로운 보살핌이 이에 이르렀으니 감사하는 마음 어찌해야 할는지요. 과찬의 말씀을 듣고 보니 부끄러워 죽을 것 같습니다."

현천이 말하였다. "밤이 깊어 헤어지려니 매우 슬픕니다."

류몬이 말하였다. "세도(細刀) 두 자루와 서경(西京)에서 제작한 부채 두 자루를 여러분들께 (각기) 드립니다."

추월이 말하였다. "비록 하나의 물건이라도 받지 않겠습니다. 감히 사양합니다."

류몬이 말하였다. "여러 선생들의 청렴함에 해를 끼치게 되는지요? 보잘것없는 예물인데 어찌 사양할 거리가 되겠습니까. 전별하는 예라 생각하시고 받아주신다면 다행이겠습니다."

추월이 미소를 머금고 소동(小童) 김용택(金龍澤)을 불러, 붓과 먹으로 답례하게 하였다.

세 서기가 각자 짐 속에서 붓과 먹을 꺼내어 이로써 보답하였다.

류몬이 말하였다. "보잘것없는 모과를 드렸는데 아름다운 옥으로 보답해 주시니 무엇으로 감사해야 할지요. 훗날 서재에서 완상하며 여러 선생들의 우의를 잊지 않겠습니다."

용연이 말하였다. "정저오호(鄭紵吳縞)[8]라 하듯이 예는 가고 옴을 중히 여기는 것이니, 족하께서 어찌 감사할 일이겠습니까. 변변치 못한 물건이니 다만 부끄럽고 송구할 뿐입니다."

현천이 직접 조선의 종이로 만든 부채를 주었다.

추월과 용연이 부채에 시를 지어 써 주었다.

류몬이 말하였다. "언제나 두 분의 고풍(高風)을 받들 듯하겠습니다."

류몬이 부채를 가지고 현천과 퇴석에게도 글을 써줄 것을 청하였다.

퇴석이 말하였다. "필치가 졸렬해서 감히 사양합니다."

류몬이 말하였다. "어찌 공교함과 졸렬함을 논하겠습니까. 훗날 (공들의) 음성과 모습을 대신하고자 하려는 것입니다."

퇴석이 말하였다. "훗날 얼굴을 대신할 것은 시 한 수면 족합니다. 부채에 시를 짓는 것은 결단코 쓸 수 없습니다."

현천이 말하였다. "손은 서툴고 눈은 침침하니 글씨가 졸렬할 것이 부끄럽습니다."

류몬이 말하였다. "공교하든 졸렬하든 무슨 상관입니까. 훗날 상자 속에 고이 간직해 두고 영원히 보물로 여기겠습니다."

현천이 부채 머리에 절구 두 수를 썼는데, 인주가 마르지 않아 오른쪽 자리에 펼쳐 두었다. 옆에서 구경하던 무뢰배들이 훔쳐 갔다.

---

8 정저오호(鄭紵吳縞) : 춘추시대 오(吳)나라 계찰(季札)이 정(鄭)나라에 사신(使臣)으로 가서 정나라 대부(大夫) 자산(子産)을 보고 마치 이전부터 잘 아는 사이와 같이 여겨 그에게 비단 띠[縞帶]를 선사하니, 자산은 또 계찰에게 모시옷[紵衣]을 선사했던 고사에서 온 말로, 매우 두터운 우의(友誼)를 비유한다.

현천이 말하였다. “악소년(惡少年)들은 참으로 가증스럽습니다. 그래도 시장(詩章)은 남아 있으니 백년의 얼굴에 해당할 것입니다.”

류몬이 말하였다. “밤이 깊어서 주무시는데 방해가 될 터이니, 저는 이만 인사 올리고 가 보겠습니다.”

추월이 말하였다. “저희들이 어찌 기사(奇士)와 함께 밤을 보내고 싶지 않겠습니까? 돌아갈 날이 임박하여 정신없이 임무를 수행하는 일이 허다하니, 오래도록 머물 수는 없습니다. 이별하는 심정이 저희들을 서글프게 합니다.”

용연이 말하였다. “아름다운 밤의 편안한 모임을 아직 다하지 못했는데, 서로 다른 곳으로 나뉘어져 이별하게 되니 서글플 뿐입니다. 무슨 말을 할 수 있겠습니까. 그러니 인사하고 들어가겠습니다.”

얼마 전에 내가 류오카에게 부탁하여 조성빈(趙聖賓)에게 시를 보냈다. 이 날 화산(華山)이 류오카를 보고 말하였다.

“류몬이 왔다고 들었는데 그를 오래도록 기다리게 한다면 학사께서 허락하실지 모르겠습니다. 그 사람을 보고 싶으니 제 뜻을 전달해 주십시오.”

화산이 말하였다. “류몬이 이미 갔다는데, 손님이 있어 나가 보지 못하니 한스럽습니다.”

류오카가 말하였다. “아직 제술관(製述官)의 처소에 있으니, 가면 볼 수 있을 것입니다. 이 사람은 문장에 뛰어난 재주가 있습니다.”

화산이 말하였다. “제술관의 방이 심히 소란스럽고 어지러운 데다 또한 밤도 깊었으니, 내일 가서 보는 것이 좋을 듯합니다.”

류오카가 말하였다. “그대의 말을 류몬에게 전하면, 방문해 올 것입니다.”

화산이 말하였다. “그대와 류몬은 친구입니까?”

류오카가 말하였다. “류몬은 저의 스승입니다.”

화산이 말하였다. “그렇다면 제 뜻을 전달해주시면 좋겠습니다.”

내가 ‘화산이 화원 서암(西巖)의 방에 있다’는 말을 듣고 찾아가 만나 보았다.

화산이 말하였다. “족하께서 아직 만나기도 전에 시를 전해주시니 너무도 감사합니다. 또한 듣자 하니 ‘황실의 후손으로서 해외에 유락(流落)해 있으면서도 문묵(文墨)의 일을 잃지 않았다’니 더욱 감탄스럽습니다.”

류몬이 말하였다. “칭찬과 격려의 말씀이 감사하고 감사합니다. 족하가 지은 ‘부사산(富嶽)’이라는 제목의 시를 처음 보았는데, 범상한 한인(韓人)이 지은 시에 비해 너무도 뛰어났습니다. 매우 흠모하던 차에 오늘 만나게 되어 제 소원을 풀었습니다.”

화산이 말하였다. “‘부사산’이라는 저의 변변치 않은 시를 어디에서 보셨습니까?”

류몬이 말하였다. “역로(驛路)에서 공안마(公鞍馬)를 지공(支供)하는 사람이 가지고 와서 보여주었습니다.”

화산이 말하였다. “거칠고 보잘것없는 글이 어쩌다 고안(高眼)을 거치게 되었으니 부끄럽고 부끄럽습니다. 옛사람은 한 글자를 가지고도 교분을 맺었다고 하였는데, 지금 족하의 방문과 깨우침을 어찌 다른 심상한 수창객들과 비교할 수 있겠습니까. 이곳에 머무른 지 이미 오래되어 돌아갈 날이 멀지 않았으니, 늦게 만남이 심히 유감스럽습니다.”

류몬이 말하였다. “비록 제 마음도 그러하지만, 자기를 알아주는 말씀을 심히 욕되게 하는 것입니다. 나라 밖의 교의(交誼)를 어느 때인들

잊을 수 있겠습니까."

화산이 말하였다. "앞서 보내주신 편지에서 성(姓)과 호(號), 그리고 띠고 온 직명(職名)을 물어보셨는데 미처 대답하지 못하였습니다. 저의 성은 조(趙)이고 이름은 성빈(聖賓)이며, 자호(自號)는 본래 없으나 화산(花山)에 거주하기 때문에 다른 이들이 화산자(花山子)라 칭합니다. 이번 사행에 정사(正使)의 족질(族姪)로서 따라왔는데, 유사(儒士)의 신분으로 원역(員役)의 행렬에 이름을 올리고 싶지 않았기 때문에 관직의 명색이 없습니다."

류몬이 말하였다. "제 저술의 간행본과 보잘것없는 글 몇 가지를 학사들께 올렸으니 다음에 빌려서 살펴보아 주신다면 몹시 다행이겠습니다."

화산이 말하였다. "훗날 빌려 볼 수 있기를 참으로 원합니다."

류몬이 말하였다. "만약 겨를이 있으시면 저를 위해 한 마디 제언(題言)을 쓰셔서 류오카에게 맡겨주십시오."

화산이 말하였다. "돌아갈 날이 코앞에 닥쳤으나, 일이 돌아가는 형편을 보아 보내드리겠습니다."

류몬이 말하였다. "그대의 나이가 얼마나 됩니까? 아들은 몇이나 두셨습니까?"

화산이 말하였다. "쓸모없이 먹은 나이가 지금 이미 쉰네 살입니다. 아들을 둘 두었으나 일찍 잃었고, 다만 딸 아이 두엇을 데리고 있습니다."

류몬이 말하였다. "애지중지 하셨을 귀한 아드님을 일찍 잃으셨다니 참으로 애통합니다. 저는 2남 2녀를 두었는데, 장남은 참으로 미련하고[豚犬][9], 둘째는 배·대추나 찾는[10] 어린아이일 뿐입니다."

화산이 말하였다. "그대가 구슬 같은 두 아들을 두었다니 복이 많은 사람입니다. 우리 일행 중에도 성이 유(劉)씨인 사람이 여럿 있는데, 반드시 공과 근원이 같을 것입니다. 유씨 성은 해내·외(海內外)에 다른 족속이 없다고 합니다."

류몬이 말하였다. "아마도 그(유씨 일행)의 선조는 중국[華]으로부터 귀방으로 들어왔을 것입니다."

화산이 말하였다. "그러나 밤이 깊어 그 사람을 부르기가 어렵습니다. 그렇지 않다면 공으로 하여금 동파(同派)의 즐거움을 맺게 하였을 것입니다."

류몬이 말하였다. "제가 비록 황실의 계파이지만 지금은 서인(庶人)이 되어 강학(講學)을 하여 처자식을 먹여 살리고 있으니, 가난하고 천하기가 편호(編戶)의 백성과 같습니다. 조상을 욕되게 할까 항상 두렵고 근심스러운데, 지금 이렇게 분에 넘치는 질문을 받으니 얼굴이 붉어집니다. 영락한 후예가 무슨 면목으로 동성(同姓)의 사람을 만나겠습니까. 더군다나 이 땅에서 나고 자라 의복은 이 나라의 습속을 따르고 있는 형편입니다. 비록 재주와 학문을 겸비했다 해도 과거를 보아 등제(登第)할 길이 없으니, 촌에서 쓸쓸히 한 사람의 학구(學究)[11]로 늙어갈 뿐입니다. 다만 정수리에 머리카락을 네모지게 남겨서 살짝 머리와 같이 모아 겨우 비

---

9 돈견(豚犬) : 자기 아들을 겸손(謙遜)하게 일컫는 말.

10 이조(梨棗) : 도연명은 5명의 아들을 두었으나 모두 학문을 좋아하지 않았으므로 책자시(責子詩)를 지었다. "비록 다섯 아들이 있으나, 모두 종이와 붓을 좋아하지 않네. 아서(阿舒)는 나이가 이미 16세이나 게으르기 비할 데 없고, 아선(阿宣)은 15세가 되었으나 학문을 좋아하지 않네. 옹(雍)과 단(端)은 13세가 되었으나 여섯인지 일곱인지를 모르고, 통(通)은 9세가 되었지만 오직 배와 밤만 찾는구나.[雖有五男兒, 總不好紙筆. 阿舒已二八, 懶惰故無匹. 阿宣行志學, 而不愛文術. 雍端年十三, 不識六與七. 通子垂九齡, 但覓梨與栗.]"

11 학구(學究) : 학문에 빠져 세상일을 모르는 사람.

녀 하나를 감당하게 만든 것(頂髮開塘, 項髮纔堪一簪)이 부끄러우니 어찌 청나라의 변발과 구별이 있겠습니까? 당당한 선왕 예악의 나라가 우리 조상이 나신 곳인데 이와 같이 되었으니, 제가 또 무슨 말을 하겠습니까. 제가 일본에서 생장하여 오랑캐 풍속에 섞이지 않은 것을 몰래 기뻐할 뿐입니다."

화산이 말하였다. "보여주신 뜻은 잘 알겠습니다. 저로 하여금 슬픈 생각이 들게 하는군요."

류몬이 말하였다. "만국 가운데 관복(冠服)을 상용하는 나라는 귀방(조선)과 류큐(琉球)뿐입니다."

화산이 말하였다. "우리나라는 지금까지도 장복(章服)이 남아 있으나 청나라에 신하 노릇함을 면하지 못하였으니, 이 때문에 열사(烈士)들이 격렬하게 비분강개하고 있습니다." [화산이 웃으며 이 내용을 보여주고는, 쓴 것을 찢어버렸다.]

류몬이 말하였다. "우리나라가 동해의 한쪽에 치우쳐 있으나 우뚝 일어나, 이국(異國)에 번국(藩國)으로 칭하지 않았습니다. 천조(天朝)의 문물제도가 지금껏 땅에 떨어지지 않고 정삭(正朔)을 해내(海內)에 반포하니, 인황(人皇)의 복[祚]이 하늘과 함께 끝이 없으며, 삼공구경(三公九卿)·백관유사(百官有司)가 대대로 녹을 받아 직위를 잇고 있습니다. 예부터 무신(武臣)으로서 용맹하고 날래어 반란을 일으킨[犯順] 사람도 무릎을 꿇고 신하로 칭하며 인황을 신처럼 우러르니, 이는 만국이 미칠 바가 아닙니다. 송나라 태종이 감탄하며 '우리 스님, 조연(奝然)[12]이

12 조연(奝然) : 홍제법사(弘濟法師) 조연은 일본 동대사(東大寺)의 승려로서, 예서(隸書)를 잘 썼으며, 송(宋)나라 태종(太宗) 때에 송나라에 가서 구리로 만든 그릇과 정현(鄭玄)이

여!'라고 말하였던 것이 마땅하지 않습니까? 제가 비록 중국[中土]의 유종(遺種)이지만, 이에 대해서는 깊이 감탄하며 경복하고 있습니다."

화산이 말하였다. "참으로 그렇습니다."

류몬이 말하였다. "노아한부(奴兒罕部)는 청이 흥기한 곳입니다. 귀방과 국경이 맞닿아 있는 것으로 알고 있는데, 원근(遠近)과 방속(邦俗)이 어떠합니까?"

화산이 말하였다. "이러한 내용의 대화는 무익하고 안타까운 마음만 들게 할 뿐입니다. 청컨대 다른 내용으로 한담을 나누었으면 합니다."

류몬이 말하였다. "좌중의 긴보오[金峯]는 저와 친구 사이입니다."

화산이 말하였다. "저도 알고 있습니다."

류몬이 말하였다. "일찍이 들으니 이토진사이(仁齋)와 오규소라이(徂徠)의 저서가 귀방에 전해졌다고 하는데 어떠합니까?"

화산이 말하였다. "우리나라에는 전래된 일이 없습니다. 이번에 바다를 건너와서 처음으로 (그들이) 귀국에서 숭봉하는 현인(賢人)이라는 말을 들었습니다. 그런데 그 학술이 정통이 아니어서 정주(程朱)를 공격하고 배척하며 그릇되이 왕양명(王陽明)·육상산(陸象山)의 의론(議論)을 좋아한다고 하더군요. 학술이 올바르지 않다면 비록 문장이 훌륭하고 아름답다 하더라도 어찌 취할 것이 있겠습니까. 우리나라는 오로지 염락(濂洛)의 학문만을 숭상할 뿐이어서 이단을 보면 배척합니다."

류몬이 말하였다. "이토진사이와 오규소라이는 왕양명이나 육상산에게 동조하는 사람들이 아닙니다. 각자 소견이 있어 따로 문호를 세웠습니다. 그들의 학술은 저작에서 볼 수 있으나, 지금 다 갖추어 말할 수가

주석한 금문(今文) 『효경(孝經)』 등을 헌상하고 돌아왔다.

없군요. 우리나라의 유자들은 두 사람을 숭상하는 이도 있고 정주(程朱)를 존중하는 이도 있는데, 왕륙학(王陸學)을 하는 이는 매우 적습니다. 천조(天朝)의 진신군자들은 지금까지 한·당(漢唐)의 경의(經義)를 따르고 있으니, 이는 귀국의 왕인(王仁)이 오경(五經)을 가지고 (우리나라에) 와서 비로소 유도(儒道)의 남은 가르침을 연 것입니다. 그 후 뛰어난 자를 뽑아서 중국에 유학을 보냈으니, 조형(晁衡) 같은 이는 비서성 벼슬을 하고 왕유나 이백과 어울렸으니, 조형의 시는 『문원영화(文苑英華)』[13]에 나오는 조형(朝衡)이 그 사람입니다. 그 외 중국에서 공부한 자는 일일이 다 들 수 없습니다. 염락의 학문 같은 것은 행해진 지가 불과 이백 년일 뿐이며, 지금 배우는 바는 사람마다 다릅니다. 제가(諸家)의 설 같은 것은 짧은 시간에 논할 수 없으므로 갖추어 말하지 않겠습니다. 그 책을 보면 알 수 있을 것입니다."

화산이 말하였다. "돌아가기 전에 다시 만날 수 있겠습니까? 그럴 수 있다면 정말 다행이겠습니다."

류몬이 말하였다. "참으로 원하는 바입니다. 반드시 다시 오겠다고 약속하겠습니다."

(류몬이) 또 말하였다. "보잘것없는 시 한 수를 지어 올리니, 화답해 주시지 않으시겠습니까?"

화산이 말하였다. "삼가 마땅히 족하에게 화답해야 하나 거칠고 졸

13 문원영화(文苑英華) : 중국 송(宋)나라 때의 시문집(詩文集). 태평흥국 7년(982)에 이방(李昉) 등이 태종(太宗)의 명으로 편집에 착수하여 987년에 완성하였다. 『태평어람(太平御覽)』·『태평광기(太平廣記)』·『책부원귀(冊府元龜)』와 아울러 송나라 사대서(四大書)의 하나임. 양(梁)나라 때부터 당(唐)나라 말기에 이르는 시기의 시문(詩文) 가운데 정화를 골라 37종의 문체(文體)로 분류하여 수록하였는데, 1천 권이다.

렬한 글 솜씨가 부끄러우니, 내일 틈이 나기를 기다렸다가 류오카가 있는 곳으로 보내드리겠습니다."

류몬이 말하였다. "그리 해주신다면 훗날 표장(表裝)하여 가보로 삼아, 서쪽을 바라보며 그리운 정을 달래겠습니다."

화산이 말하였다. "몹시 부끄럽습니다."

류몬이 말하였다. "귀국에는 호랑이가 있습니까? 우리나라에는 없습니다. 그래서 호랑이 그림은 상상하여 그린 것이니, '개를 닮았다[類狗]'[14]는 기롱을 면치 못합니다. 지금 (조선) 화공의 그림을 보니 그 형상을 (머릿속에) 그려볼 수 있게 되었으니, 실로 용맹스럽고 두렵습니다. 귀방에서는 호랑이의 횡액을 당하는 사람이 많습니까?" [이때 화원이 등불 아래에서 호랑이를 그리고 있었기 때문에 이러한 말을 한 것이다.]

화산이 말하였다. "우리나라의 산림 속에는 이 짐승이 많이 있습니다. 혹 피해를 당하는 사람도 있지만, 삼가고 조심하면 재앙을 당할 일이 없습니다."

류몬이 말하였다. "족하께서는 호랑이를 보셨습니까?"

화산이 말하였다. "제가 사는 곳은 깊은 산속이 아닙니다. 살아있는

---

14 유구(類狗) : '화호불성반류구(畫虎不成反類狗)'를 가리키는 말로, 범을 그리다 제대로 그리지 못하면 개를 닮고 만다는 뜻이다. 후한(後漢) 때의 명장(名將) 마원(馬援)이 일찍이 자기 조카들을 경계시킨 글에서, 용술(龍述)은 신중하고 위엄있는 사람이므로 그를 본받으면 행검(行檢) 있는 선비는 될 수 있으니, 이른바 '고니를 새기다가 못 이루더라도 집오리같이는 될 수 있다. [刻鵠不成尙類鶩]'는 격이 되려니와, 두보(杜保)는 호협(豪俠)한 사람이므로 그를 본받다가는 천하의 경박자(輕薄子)가 될 것이니, 이른바 '범을 그리다가 이루지 못하면 도리어 개와 같이 되어버린다. [畫虎不成反類狗]'는 격이 되고 말 것이라고 한 데서 온 말로, 고원(高遠)한 일을 이루려고 기대하다가는 끝내 이루기 어려움을 비유하였다.

호랑이는 보지 못하였으나, 붙잡혀 죽은 것은 많이 보았습니다."

류몬이 말하였다. "제가 귀방의 이름난 분들의 시를 읽어 보니 평양의 아름다움과 수려함, 대동강·을밀대·부벽루·영명사 등 명승지들의 경치를 상상해 볼 수 있습니다. 지금 족하를 만나보니 저의 혼백이 아스라이 그곳을 노니는 것 같습니다."

화산이 말하였다. "평양은 전(前) 왕조의 국도(國都)로, 번화하고 풍족함이 지금껏 이어져 오고 있습니다. 그 풍경은 관동(關東)만 못한데, 관동은 강원도입니다."

화산이 말하였다. "여러 학사들과도 창화(唱和)를 하셨습니까?"

류몬이 말하였다. "예. 그렇습니다. 다만 한스럽게도 날이 저물어 소회를 다 풀 수가 없었습니다. 천 리 바다 밖의 여러분들과 즐겁게 교유하였지만 헤어질 날이 멀지 않았으니, 훗날 꿈속에서 저의 넋은 응당 아득한 바다를 건너갈 것입니다."

화산이 말하였다. "피차 일반입니다."

류몬이 말하였다. "그대가 쓰고 있는 것이 고후팔괘관(高後八卦冠)입니까?"

화산이 말하였다. "예, 그렇습니다. 속칭 고사건(高士巾)이라고도 하지요."

류몬이 말하였다. "고향 생각에 시름에 겨운 나그네입니다만 이역의 사신을 만나 뵙고 군명(君命)을 욕되게 하지 않음으로써 사나이[懸弧][15]의 뜻을 알렸으니, 남아의 품은 회포가 장대하다 이를 만합니다. 하물며

15 현호(懸弧) : 옛날에 사내아이가 태어나면 뽕나무로 만든 활을 문의 왼쪽에 걸어놓았다. 사내아이가 태어남을 이르는 말로 쓰인다.

족하는 족질의 친분으로써 정사공(正使公)을 따라와 원역(員役)의 번거로움이 없으니, 이방(異邦)의 강산을 자유롭게 시로 읊음에 어찌 도움되는 바가 없었겠습니까. 지금부터 울연하여 시상이 행낭(行囊)에 가득 채워질 것이 참으로 부럽습니다. 그러니 이 행차의 풍류가 성대합니다."

화산이 말하였다. "정사께서 강력히 권하였기 때문에 어쩔 수 없이 따라오게 되었습니다. 그러나 이 여행은 진실로 유사(儒士)에게 적합한 일이 아닙니다. 선영[先壟]을 깨끗이 청소하며 지킬 사람이 없는데도 해를 넘기도록 멀리 유람하며 상로(霜露)의 슬픔[16]에 잠겨 있다 보니, 해악(海嶽)의 장관과 이역의 기이한 풍광 또한 즐겁지 않습니다. 옛사람이 '아무리 아름다워도 내 고향이 아니라'[17]고 말한 것과 같습니다. 말씀하신 '시낭 속 시구[囊中物]'는 저의 장기(長技)가 아닙니다. 도중에 간혹 시구를 얻기도 하였으나, 모두 거칠고 보잘것없습니다. 게다가 졸필임에도 요청이 날마다 물밀 듯 밀려들고 있습니다. 사관(寫官)도 아니고 재능 또한 없으나 한번 안면을 익힌 터에 차마 거절하지 못하였으니, 그저 혼자 웃으며 탄식할 뿐입니다."

류몬이 말하였다. "저 또한 영락한 후손으로 멀리 떠나온 나그네입니다. 비록 (같은) 일역(日域) 내에 있다 하더라도 제 고향은 동도(東都)에서 수천 리 떨어진 곳에 있습니다. 선영이 황폐해진 슬픔과 늙고 불우함을

16 상로출척(霜露怵惕) : 돌아가신 부모를 생각하는 자식의 마음을 뜻한다. 『예기』「제의(祭義)」에 "상로(霜露)가 내리면 군자가 이를 밟음에 반드시 서글픈 마음이 든다." 하였다.

17 삼국시대 위(魏)나라 왕찬(王粲)이 일찍이 동탁(董卓)의 난리를 피하여 형주(荊州)의 유표(劉表)에게 가서 의탁하고 있을 적에 강릉(江陵)의 성루에 올라 고향을 생각하면서 진퇴위구(進退危懼)의 정을 서술하여 지은 〈등루부(登樓賦)〉에, "아무리 아름다워도 내 고향이 아님이여, 어찌 족히 조금이나마 머무를 수 있으랴. [雖信美而非吾土兮, 曾何足以少留.]"라고 하였다.

한탄하니, 앞길이 비통할 뿐입니다. 지금 족하께서 보여주신 내용을 읽어보니, 저도 모르게 슬픔에 잠겨 탄식하게 됩니다.”

화산이 말하였다. “정회(情懷)가 이와 같고 고단하기가 또한 이와 같습니다. 고사(高士) 한인(閑人)을 뵐 때마다 저도 모르게 부끄러워집니다.”

류몬이 말하였다. “해외 여러 나라들이 우리나라의 나가사키항[長崎港]에 빽빽하게 모여듭니다. 제가 그 땅에 가보지 못하여 다른 지역의 인물을 보지 못했는데, 지금 여러 공들과 만나니 장유(壯遊)의 작은 뜻이 적으나마 채워지게 되었습니다. 구라파(歐羅巴) 부에 와란(喎蘭: 네덜란드)이라는 땅이 있는데, 화란(和蘭)이라고도 합니다. 그곳 사람들은 키가 크고 피부가 하얗고 털이 붉으며 눈동자가 파랗고 코가 깁니다. 모포로 옷을 만들어 입는데, 통소매에 꽉 끼는 겉옷을 입고 털모자를 쓰고 가죽신을 신습니다. 제가 전에 보니 생김새와 행동이 이곳 사람들과 같은 종류가 아닙니다. 귀국에도 이 사람들이 왔습니까?”

화산이 말하였다. “이런 사람들은 보지 못했을 뿐만 아니라, 들어본 적도 없습니다.”

(화산이) 또 말하였다. “기이한 이야기를 들었으니, 가지고 돌아가서 기록해 놓아야겠군요.” [화산이 내가 쓴 글을 찢어서 주머니 속에 넣었다.]

류몬이 그 모습을 그려서 주었다.

화산이 말하였다. “몸에 있는 구슬 꿴 것 같은 것은 무엇입니까?”

류몬이 말하였다. “이것은 양쪽 옷깃을 여미는 옷끈입니다. 높은 사람들은 아로새긴 금이나 은을 쓴다고도 하더군요. 제가 예전에 동산에서 귀국인 중 말을 타고서 활 쏘는 자를 보았는데 구슬로 옷깃을 여미었으니, 이것과 같은 것이지요.”

화산이 말하였다. “그 나라는 귀국에서 얼마나 떨어져 있습니까? 수

로입니까, 육지로 갑니까? 몇백 리나 됩니까?"

류몬이 말하였다. "그 나라는 대서양에 있는데, 수로(水路) 삼만 리라고 하더군요. 그 사람들은 배를 잘 부려서, 바다 보기를 육지처럼 한답니다. 큰 배를 타고서 만국 가운데 이르러 삼백여 나라와 물화를 교역합니다. 그 나라는 하늘을 숭상하는데, 대개 별도로 세운 도가 있지요. 문자가 있는데 전주(篆籒)나 행초(行草) 여러 글자체와 비슷한 것을 왼쪽부터 가로로 쓰는데, 그 서적[蕃書]을 읽을 수는 없습니다. 그 사람들은 온갖 물건들을 만드는데 모두 정교하며, 조총 중에는 도화선[火繩]을 쓰지 않는데도 총구에서 불을 뿜는 것도 있습니다. 또 천문지리에 정밀하다고 합니다. 이 사람들은 매년 3월에 (우리) 도읍에 세공을 바치러 옵니다. 지금 도읍에 있을 텐데 여러 공들께서는 볼 수가 없겠군요. 그 사람들은 쌀밥을 먹지 않고 보리떡과 짐승고기, 우유를 먹습니다. 그 나라에는 오곡이 나지 않고 보리만 자랍니다. 들은 것이 대략 이와 같습니다."

옆방에서 마침 노래하는 소리가 들렸다.

류몬이 말하였다. "노래하고 있는 것은 시입니까?"

화산이 말하였다. "시가 아닙니다. 시와 노래는 다릅니다."

류몬이 말하였다. "그러면 (노래는) 어떤 것인가요?"

화산이 말하였다. "노래하는 사람의 소리는 혹 남녀가 그리워하는 것도 있고, 바람과 달, 꽃과 새 같은 말일 때도 있어, 일정한 곡조가 있는 것은 아닙니다."

류몬이 말하였다. "그렇다면 풍요(風謠)이겠군요."

화산이 말하였다. "그렇습니다."

류몬이 말하였다. "노래하고 있는 사람은 어떤 사람입니까?"

화산이 말하였다. "군관(軍官)입니다."

류몬이 말하였다. "족하를 번거롭게 하면서까지 화공에게 요청드리니, 이 두 장의 종이에 그림을 그려주시면 다행이겠습니다." [화산이 받아서 서암(西巖)에게 보여주었다.]

서암이 말하였다. "내일 오시면 보여드리겠습니다."

류몬이 말하였다. "내일 올 수 있을는지 모르겠습니다. (지금) 허락해주시면 다행이겠습니다."

화산이 말하였다. "화공이 몹시 지쳤지만, 제가 권하여 그리도록 하겠습니다. 조금 기다려 2장이 완성된 후에 가지고 돌아가십시오."

서암이 난과 대나무를 그려 류몬에게 주었다.

류몬이 말하였다. "요청한 그림을 얻을 수 있어 정말 다행입니다. 깊은 밤에 잠자리에 드는 것을 방해하였습니다. 저는 이만 인사드리고 가보겠습니다. 공들께서도 자중하십시오."

화산이 말하였다. "다시 만나볼 수 있기를 바랍니다. 그대가 다시 온다면 다행이겠습니다."

류몬이 말하였다. "반드시 다시 방문하겠습니다."

이에 서로 읍(揖)하고 작별하였다. 류오카의 숙소에 도착하니 밤이 이미 팔고(八鼓)였다.

소동 내산(萊山)이 왔는데, 글씨를 제법 잘 써서 여러 장을 청하여 얻었다.

이때 북소리가 아래층에서 들려 왔다. 현악기·관악기가 어지러이 이어졌다. 난간에 기대어 오랫동안 듣다가 돌아갔다.

류몬의 종노(從奴)가 부엌에서 한인(韓人)의 노복과 함께 섞여 있었는데, 그가 여러 번 입을 가리키며 배를 쓰다듬었다. 종노가 고개를 끄덕이자 한노(韓奴)가 밥 한 사발과 구운 닭고기 두 덩이를 대접하였다. 종노가 고기는 받고 밥은 돌려주었다고 했다.

『동사여담』 상권 끝.

동사여담 하

난키[南紀] 유유한(劉維翰) 문익(文翼) 편집

필담(筆談)

3월 10일에 다시 빈관(賓館)에 도착하여 류오카(龍岡)가 거처하고 있는 곳을 찾아가니, 복재(復齋)가 먼저 와 있었다.

복재가 말하였다. "저의 성은 김(金)이고 이름은 응석(應錫)이며, 자(字)는 규백(奎伯), 호(號)는 복재라고 합니다. 신라왕의 후손입니다. 무과(武科)에 급제하여 일찍이 만호(萬戶)를 지냈으며, 지금은 부사공(副使公)을 수행하여 왔습니다. 듣자 하니 공께서는 황실의 후예라 하더군요. 왕손의 몰락이 애처롭습니다만, (그래도) 후손이 끊기지 않고 공에게 이르렀군요."

류몬이 말하였다. "후손[瓜瓞][1]이 면면하여 다행히 가계를 이었으니, 오직 식미(式微)[2]를 한탄할 뿐입니다. 뜻하지 않게 위로의 말씀을 들으니

1 과질(瓜瓞) : 큰 오이와 작은 오이라는 뜻으로, 자손이 번성함을 비유적으로 이르는 말.

2 식미(式微) : 『시경』「패풍(邶風)」의 편명인데, 이 시의 내용은 약소국인 여(黎)나라 임금이 오랑캐에게 나라를 빼앗기고, 위(衛)나라에 가서 구원해 주기를 기다리며 오랜 세월

송구하고 부끄럽습니다."

(류몬이) 또 말하였다. "어제 동산에서 공이 말을 타고 달리며 활 쏘는 모습을 보았는데 정말로 경탄할만하였습니다."

복재가 말하였다. "오랜만에 한 것이니, 어찌 경탄할 게 있겠습니까?"

묵재(默齋) 홍선보(洪善輔)가 왔다.

류몬이 말하였다. "예전 밤에 잠깐 만났었지요. 화산자(華山子)의 방을 방문하였다가 도(道)에 대한 대화를 여러 시간동안 하였으나, 마음속의 말을 다하지 못하여 매우 유감이었습니다. 류오카가 훌륭한 화답시를 전해주어 받았습니다. 정의(情誼)를 깊이 입었으니 어찌 감당해야 할지요."

묵재가 부채에 오언절구를 써 주었다.

류몬이 말하였다. "부채 머리의 제언(題言)이 특별히 저의 가계(家系)를 언급하니 부끄러움과 기쁨이 동시에 밀려옵니다."

묵재가 말하였다. "그대의 세계(世系)를 보니 탄식이 나옵니다."

류몬이 말하였다. "이렇게 떨어져 나와 먼 후손이 되어 이제는 자잘해졌으니 가문의 명성이 떨어짐이 매우 심한데, 문득 성대한 위로를 받게 되니 부끄럽습니다."

묵재가 말하였다. "금도(金刀: 劉氏)가 한고조가 된다[3]는 설이 그대에게 있어 다른 날의 영광이 될 것입니다."

을 보냈으나, 끝내 군사를 풀어 나라를 찾아줄 뜻이 보이지 않으므로, 종신(從臣)들이 그 임금에게 돌아갈 것을 권하며 망국의 신세를 한탄한 노래이다.

3 금도한고지설(金刀漢高之說) : 장량(張良)이 금도(金刀)의 부록(符籙)을 한(漢)나라 고조(高祖) 유방에게 비전(秘傳)하여, 유방이 천명(天命)을 받았음을 알렸다. 금도(金刀)는 묘금도(卯金刀)의 준말로 '유(劉)'를 파자(破字)한 것이다.

류몬이 말하였다. "제 조상이 피신하여 (일본으로) 떠나오지 않았다면, 저는 청나라 사람들의 머리를 풀어헤치고 왼쪽으로 옷깃을 여미는 습속을 면치 못하였겠지요. 지금 공들의 장복(章服)을 보니 사조제(謝肇淛)[4]의 말[5]을 깊이 되새기게 됩니다. 우리 천조(天朝)로 말할 것 같으면 예악과 헌장(憲章)이 옛 제도를 잃지 않았고 공경대부들은 관과 의상이 위엄스러우니, 어찌 청나라 사람이 미칠 수 있는 것이겠습니까?"

묵재가 말하였다. "그렇습니다. 조선은 기자(箕子)의 유풍이 있고, 나머지도 한결같이 주부자(朱夫子)의 예문(禮文)을 따릅니다."

류몬이 말하였다. "단군(檀君)과 기자의 후예는 어떻게 되었습니까?"

묵재가 말하였다. "단군의 후예는 이미 끊어졌고, 기자의 후예는 많이 있습니다."

류몬이 말하였다. "저는 여러 학사분들과 약속이 있습니다. 또한 이주부(李主簿)를 만나 뵙고자 하여 느긋하게 담소를 나눌 수가 없습니다. 생각건대 공들께서 먼 길[6]을 떠나실 날이 얼마 남지 않았습니다. 천 리의 이별에 천만자중(千萬自重)하시기 바랍니다."

묵재가 말하였다. "섭섭함을 금할 수 없습니다."

학사(學士)와 세 서기(書記)의 방에 도착하였다.

---

4 사조제(謝肇淛) : 명(明)나라 복주(福州) 장락(長樂) 사람. 자는 재항(在抗), 호는 소초재(小草齋). 박학(博學)하고 시문(詩文)에 능하며 만력(萬曆) 때 진사(進士)로 공부 낭중(工部郎中)에 이르렀다. 『오잡조(五雜組)』 등 방대한 저술을 남겼다. 『명사(明史)』 권286

5 조선이 예의의 나라라고 하였다.

6 조도(祖道) : 먼 길 떠날 때, 도중(途中)의 무사함을 빌기 위하여 노신(路神)에게 비는 일, 혹은 먼 길을 떠나는 사람에게 술자리를 베풀어 위로하는 것을 이른다.

류몬이 말하였다. “어제 처음으로 지미(芝眉)를 접하였는데 돌아온 후에도 황홀하여, 꿈속에서도 훌륭하신 자태를 뵙는 듯하였습니다. 엎드려 바라건대 여러 공들께서는 다복하셔서 도를 위해 치하해 주소서. 오늘 이렇게 이별하게 되니 삼가 시 한 수를 지어 여러 공들께 바쳐 전별하고자 합니다. 훗날 공들께서 바다 위로 떠오르는 해를 바라보실 때 멀리서나마 생각해주신다면 정말 다행이겠습니다.”

추월이 말하였다. “사관(使館)에 나아가야 하니, 다시 방문해주시기 바랍니다.”

류몬이 말하였다. “내일 아침 일찍 사신께서 먼 길을 떠나심을 알고 있는데, 어찌 다시 올 수 있겠습니까?”

추월이 말하였다. “오후에 다시 오시면 화답시를 지어 이별할 수 있을 것입니다.”

류몬이 말하였다. “삼가 말씀대로 따르겠습니다. 저는 우상(虞裳) 이군(李君)을 뵙고자 하니, 필담이 끝나는 대로 다시 오겠습니다.”

용연이 말하였다. “전날 밤의 평온한 담소로 저의 고단함을 달랠 수 있었는데, 다시 왕림하시어 전별의 글로써 은혜를 베풀어 주시니 너무도 감사합니다. 훌륭한 글을 지어 화답하고자 하나 마침 사관에 일이 있어 글을 완성할 겨를이 없습니다. 저녁에 틈을 내어 다시 와 주신다면 좋겠습니다. 만약 다시 오기 어려우시다면 화답시를 누구에게 부탁하여 전해야 할지요? 바라건대 자세히 써서 보여주시기 바랍니다.”

류몬이 말하였다. “저로서는 공들의 말씀을 들을 수 있는 기회이니, 기꺼이 저녁에 찾아와 가르침을 받들겠습니다. 그리고 간절한 마음으로 말씀드리오니, 화답해주시는 시를 어찌하여 군이 다른 사람에게 맡기겠습니까. 공들께서 한가한 틈을 기다려 다시 찾아뵙겠습니다.[再

趨下風[7]"

용연이 말하였다. "시간이 오래 걸릴 것 같습니다. 다시 오셔서 저희들이 사관에서 나올 때를 기다려주시겠습니까?"

류몬이 말하였다. "감히 말씀대로 따르지 않겠습니까?"

이우상(李虞裳)의 방을 방문하였다.

류몬이 말하였다. "그대가 운아(雲我)이십니까? 저는 류우[劉] 류몬이라고 합니다."

운아가 말하였다. "한밤중에 만났던지라 기억을 못하겠군요."

긴보오(金峰)가 말하였다. "류몬·쇼안(松菴)[8]은 모두 저와 친구입니다. 류몬은 저술이 많습니다."

운아가 말하였다. "시선은 허리 아래를 향하고 숨이 발꿈치에서 나오는 것을 보니 군자이십니다."

류몬이 말하였다. "아름다운 글을 류오카 편에 보내 주셔서 거듭 감사드립니다."

운아가 말하였다. "글씨가 엉망이라 부끄럽습니다."

류몬이 말하였다. "긴보오가 족하께 드리기 위해 『소라이학칙(徂徠學則)』[9]을 가지고 왔습니다. 알고 계시는지요?"

---

7 추하풍(趨下風) : 상대방에게 나아가 공경을 표함. 『춘추좌씨전(春秋左氏傳)』 성공(成公) 16년 조에 "극지(郤至)가 세 번 초왕(楚王)의 군졸을 만났는데 초왕을 보면 반드시 수레에서 내려 투구를 벗고 추풍했다.[郤至三遇楚子之卒, 見楚子必下, 免胄而趨風.]" 하였다. 여기서는 상대방을 공경하여 따른다는 뜻을 담고 있다.

8 쇼안(松菴) : 이마이 도시아키[今井敏卿]의 호.

9 소라이학칙(徂徠學則) : 1권으로 된 소라이의 저술로, 1727년에 간행되었다. 고학(古學)을 추구한 소라이의 학문적 입장과 방법이 간결하게 잘 정리되어 있다.

운아가 말하였다. "알고 있습니다."

류몬이 말하였다. "제가 긴보오에게 듣기로는, 그대는 문장에서 명나라 가륭(嘉隆)[10] 연간의 왕세정(王世貞)·이반룡(李攀龍)만을 높이 평가하며, 특히 왕세정을 세상의 제일로 존숭하신다면서요? 이는 귀국 문사들의 일반적인 관점과는 다르니, 학술상 자신만의 견해가 있으신 것 같군요. 귀국은 성리학을 존숭하기에 저는 아무 말 않고 있었는데, 사실 저 또한 이반룡과 왕세정을 좋아합니다. 제 나이 열일곱, 열여덟쯤에 그 책을 사고 싶었지만 집이 가난해 사지 못했습니다. 하지만 밤낮 분발하여 『사부고(四部稿)』[11]·『창명집(滄溟集)』[12]을 베껴 썼는데, 아아, 이제는 노쇠해졌습니다. 그대가 좋아하는 바가 저와 부합한다는 말을 우연히 듣고 그 때문에 찾아온 것이지 어찌 다른 이유가 있겠습니까?"

운아가 말하였다. "훌륭한 작가의 고심이 깃든 글을 저 역시 손수 몇 상자 분량이나 베껴 쓴 적이 있는데, 왕세정과 이반룡의 글이 대부분이었습니다. 그들을 아는 사람은 적고, 모르는 사람이 많습니다. 왕(王)과 이(李)를 좋아하는 저를 칭찬하는 사람은 적으며, 비난하는 사람이 많습니다. 군자는 시속(時俗)을 돌아보지 않으며, 홀로 우뚝 서서 근심을 잊을 뿐이지요."

류몬이 말하였다. "창려가 말하기를, '일을 잘 다스리면 비방이 일어나고, 덕이 높으면 훼방이 온다.[事修而謗興, 德高而毁來.]'[13]고 하였는데,

10 가륭(嘉隆) : 명(明)나라 가정(嘉靖)·융경(隆慶) 때이다. 이때에 가륭 칠재자(嘉隆七才子)라 하여 이반룡(李攀龍)·왕세정(王世貞)·서중행(徐中行)·종신(宗臣)·사진(謝榛)·오국륜(吳國倫)·양유예(楊有譽) 등 일곱 시인이 활동하였다.

11 사부고(四部稿) : 왕세정의 문집.

12 창명집(滄溟集) : 이반룡의 문집.

저는 이 말이 사리에 맞는 말이라고 생각합니다. 왕세정·이반룡 두 선생이 가륭(嘉隆) 연간에 고문사(古文辭)를 창도하자 당시 사람들은 무슨 말인지 알아듣지 못하였고, 심하면 미쳤다고 여기기까지 하였으나, 두 분 선생은 태연하게 처하셨습니다. 어찌 왕·이 두 분 선생만이 그러하였겠습니까. 한유(韓愈)·유종원(柳宗元) 선생과 같은 분들도 사람들의 비웃음과 비난을 개의치 않으셨습니다. 그 뜻은 대개, 가령 이로 인해 화를 입는다 할지라도, 후세에 중요한 것이라면, 어찌 근심하겠는가 하는 것이었습니다. 어찌 한·유 두 선생만의 생각이었겠습니까. 태사공(太史公)이 이미 논한 바가 있으니, 대장부의 본지(本志)란 마땅히 이와 같아야 하는 것입니다. 생각하기에 귀국은 반드시 과거시험의 문장에 안주하거나 그렇지 않으면 끝내 송나라의 미약한 문장에 뜻을 두고 있는데, 선생께서 고문사를 창도하시니, 시기하여 배척하는 해가 미치지 않을까 염려됩니다. 선생께서는 근심하지 마십시오. 제 속마음을 다 말씀드리겠습니다. 저는 문장을 드러내어 진취(進取)할 뜻이 없고 죽은 후에 (저를 알아줄) 종기(鐘期)[14]를 기다릴 뿐입니다."

운아가 말하였다. "왕세정은 재주가 몹시 높고 학문이 매우 넓습니다. 하지만 사람들은 하대복(何大復)과 이공동(李空同)이 서로를 높이지 않았던 일[15]을 교훈 삼아 왕·이(王李)로 병칭하고 있습니다. 그런데 우

13 한유(韓愈)의 〈원훼(原毁)〉에 기록된 말이다.

14 종기(鍾期) : 춘추 때 초(楚)나라 사람 종자기(鍾子期)를 가리킨다. 거문고 곡조를 잘 알아들어 백아(伯牙)는 종자기가 없으면 거문고를 타지 않았는데, 종자기가 죽자 백아는 거문고 줄을 끊어 버리고 종신토록 거문고를 타지 않았다.

15 하대복과 이공동은 명나라 전칠자(前七子)의 영수인 하경명(何景明, 1483~1521)과 이몽양(李夢陽, 1472~1529)을 말한다. 명대에는 소위 전칠자와 후칠자(後七子)가 있는데, 전칠자는 하경명·이몽양을 비롯한 7명의 문인을, 후칠자는 이반룡·왕세정을 비롯한 7명

순희(虞淳熙)[16]는 말하기를, '왕·이는 문단의 왕이다. 하지만 문단에 두 명의 왕이 있을 수는 없으니, 원미(元美)[17]만이 왕이다'라고 했습니다. 이 말을 경홀히 여겨서는 안 될 것입니다."

류몬이 말하였다. "그대는 왕세정의 사후지기(死後知己)로군요."

운아가 말하였다. "공무가 많아 낮에는 필담을 나누기는 어렵겠습니다. 선생께서는 밤에 오실 수 있겠습니까?"

류몬이 말하였다. "빗속에 먼 길을 오느라 저녁밥도 못 먹었습니다. 밤이 되기를 기다려 다시 오겠습니다. 비록 배는 고파도 하룻밤이 천 년처럼 느껴지니, 말씀대로 하겠습니다."

운아가 말하였다. "밤에 밥 한 그릇을 준비해 놓고 기다릴 테니 오십시오."

(운아가) 또 말하였다. "공은 저서가 많은 것으로 알고 있는데, 아직 그에 대해 물어보지 못했으므로 이렇게 간절히 말하는 것입니다."

(운아가) 또 말하였다. "공께서 책 상자를 통째로 가져오시면 더욱 좋겠습니다. 하지만 문지기의 단속이 심할 테니 어쩌지요?"

(운아가) 또 말하였다. "공께서 평생 저술한 것을 말합니다."

(운아가) 또 말하였다. "밤에 다시 만나 각자 서로 저서를 꺼내어 그 득실을 평하면 어떻겠습니까?"

의 문인을 이른다. 후칠자는 전칠자보다 대체로 한두 세대 아래이다. 전칠자와 후칠자는 모두 고문사(古文辭)를 주창했다는 점에서 서로 통한다. 그런데 전칠자의 영수(領袖)인 하경명과 이몽양은 창작 방법을 둘러싸고 이견이 생겨 서로 사이가 틀어졌다. 위의 필담에서 이언진이 "하대복과 이공동이 서로를 높이지 않았던 일"이라고 말한 것은 이를 가리킨다.

16 우순희(虞淳熙) : 1545~1621. 명말의 문인.

17 원미(元美) : 왕세정의 자(字).

류몬이 말하였다. "저는 제 저술을 가지고 오지 않은데다, 지금 그걸 가져오게 할 인편도 없습니다. 간행된 저의 책 몇 권과 제 문장 약간을 어제 학사·서기들께 드렸으니, 훗날 빌려 보시면 제가 추구하는 것이 무엇인지를 대략 아시게 될 겁니다."

운아가 말하였다. "안목을 갖추지 못한 자는 필시 휴지로 쓸 테니 볼 리가 있겠습니까?"

류몬이 말하였다. "저는 학사·서기들의 문장을 보지 못했지만 체재(體裁)는 틀림없이 송나라의 것을 따르고, 지식은 그리 빼어나지 못한 것으로 짐작하고 있습니다. 그래서 그들과는 문장에 대해 논하지 않았습니다."

류몬이 말하였다. "그대를 가장 늦게 만나는 바람에 졸고를 먼저 학사 제위(諸位)께 드려 알아주기를 구했으니, 참 어리석었습니다. 그대에게 졸고에 대한 가르침을 받지 못함이 한스러우니, 후회스럽고 후회스럽습니다."

운아가 말하였다. "속인을 마주해서는 세속을 벗어난 말을 하기 어렵고, 장님을 마주해서는 비단옷에 새긴 수(繡)의 아름다움에 대해 말하기 어려운 법이지요."

류몬이 말하였다. "지당한 말씀입니다."

내가 인사를 하고 나오려 하자 운아가 농담 삼아 나에게 말하기를, "밤에 오실 수 있다면 식사를 대접하겠습니다."라고 하였다. 이에 서로 읍하고 작별하였다. 화산의 방에 도착하였다.

화산이 말하였다. "훌륭한 시에 화답시를 지어 어제 밤 가지고 왔는데, 만나지 못하여 다시 가지고 돌아갔습니다."

류몬이 말하였다. "화답해주신 시를 류오카의 숙소에서 전해 받았습니다. 무슨 말로 감사해야 할지 모르겠습니다."

화산이 말하였다. "뜻밖에도 다시 방문해주시고 이별시는 더욱 정중하니 감사하고 감사합니다. 오늘 바쁘고 소란스럽기가 이와 같아 편안히 대화를 나눌 수 없는 것이 더욱 한이 됩니다. 보잘것없는 제 화답시는 낮 동안 잠시 기다려주시면 손님을 보낸 후 류오카를 통해 전해드리겠습니다."

류몬이 말하였다. "오후에 여러 학사(學士)들을 방문하기로 약속이 되어 있고, 저녁나절에는 불을 밝혀 운아(雲我) 이군(李君)을 방문하기로 약속이 되어 있습니다. 저 또한 담소를 나눌 겨를이 없군요."

화산이 말하였다. "이공(李公)의 문장은 나라 안에 유명합니다. 고인(古人)에게는 불을 밝히고 밤을 노니는[18] 즐거움이 있다고 하였습니다. 두 사람의 만남에는 반드시 깨우치는 말[冷語]로써 사람을 놀라게 하는 것이 있겠지요."

(화산이) 또 말하였다. "공의 집은 이곳에서 몇 리나 떨어져 있습니까? 따라 온 동자(童子)는 누구입니까?"

류몬이 말하였다. "저의 집은 빈관(賓館)에서 겨우 수 리 떨어져 있을 뿐입니다. 성 동쪽의 탕대(湯臺)에 머물고 있습니다. 한 아이는 원극민(原克敏)이라 하고 다른 한 아이는 보잘것없는 제 자식으로 여장(如璋)이라 합니다. 여러 공들의 빛나는 위의(威儀)를 뵙고 싶어 하기에 데리고 왔습니다."

---

18 병촉야유(秉燭夜遊) : 이백(李白)의 〈춘야연도리원서(春夜宴桃李園序)〉에서 "고인이 촛불을 켜들고 밤에 노는 것은 진실로 까닭이 있었던 것이다. [古人秉燭夜遊, 良有以也.]"라는 구절을 인용한 것이다.

화산이 말하였다.

"몇 살입니까?"

류몬이 말하였다. "겐지(原氏)의 아들은 13세입니다. 학문을 좋아하고 총명하여 제가 자식같이 여기고 있습니다. 모자란 아들아이는 15세인데 성품이 아둔하고 용렬하여 가르쳐 이끌기가 어려워, 학문하는 명맥이 끊길까 항상 두려워하고 있습니다."

화산이 말하였다. "풍모가 빼어나게 수려하니 반드시 큰 재주가 있을 듯합니다."

류몬이 말하였다. "좋게 봐 주심이 지나치시니, 부끄럽고도 기쁩니다."

(류몬이) 또 말하였다. "다시 훌륭한 의용(儀容)을 뵐 수 있어 다행입니다만, 잠시 후에 있을 이별이 안타깝습니다. 이별 후에는 아득하고 망망한 바다를 사이에 두게 되니 어찌 소식이 통하겠습니까. 아직 작별하지 않았는데도 제 넋은 이미 나간 듯합니다. 긴 행로가 험난할 것이니 끝까지 자중하십시오."

화산이 말하였다. "만리의 영원한 이별을 앞두고 달리 드릴 말씀이 없습니다. 공께서도 진중자애(珍重自愛) 하십시오."

다시 학사(學士)·삼서기(三書記)의 방에 이르러, 앉아서 저녁 식사가 끝나기를 기다렸다. 용연(龍淵)이 나물과 고기를 나누어 주었다. 식사가 끝나고 각자 다시 자리에 앉았다. 퇴석(退石)이 류몬을 불러서 오게 하였다. 용연이 상자 속에서 붓을 꺼내어 동자(童子)에게 주었다.

류몬이 말하였다. "여러 공들께서 동쪽으로 와 만나보신 문사(文士)가 매우 많음을 알고 있습니다. 양교(陽喬)[19]가 마음에 드시지 않을까

---

19 양교(陽喬) : 양교는 물고기의 이름인데, 맛도 없고 못생긴 고기이므로, 매우 싫하는

봐 걱정됩니다."

용연이 말하였다. "족하께서 잘못 생각하고 계십니다. 열 집이 모인 작은 마을이라도 반드시 충신(忠信)한 사람이 있거늘, 하물며 수천 리의 나라에서이겠습니까."

류몬이 말하였다. "충효의 인물은 집집마다 있고, 호걸기재(豪傑奇才)들은 천리에 즐비합니다. 사해(四海)의 일개 선비가 어찌 기릴만한 것이 많았겠습니까. 생각건대 수응(酬應)하기에 피곤하실 것입니다."

용연이 말하였다. "족하께서는 한산편석(寒山片石)[20]이십니다."

류몬이 말하였다. "나귀가 울고 개가 짖는 것 같이 보잘것없는 제 글에 너무도 과찬을 해 주시니 감당하지 못하겠습니다. 돌아가시는 길에 제 글을 가져가 서상시(徐常侍)[21]의 고사(故事)[22]로 삼아 저의 졸렬한 글을 소장해 주신다면, 이는 공이 내려주시는 은혜일 것입니다."

용연이 말하였다. "좌중의 이 사람은 문장이 뛰어난 선비입니다. 족하께서는 그를 아십니까? 혹여 대면해서 잘못을 범하여 웃음거리가

것을 비유하는 말이다. 『설원(說苑)』에 "낚시를 던지면 미끼를 무는 것이 양교이니, 맛도 없고 못생겼다. [夫扱綸錯餌, 迎而吸之者也, 陽橋也, 其爲魚薄而不美.]"고 하였다. 양교(陽橋)라고도 한다.

20 한산편석(寒山片石) : 남북조(南北朝) 시대에 유신(庾信)이 북방에 사신으로 갔다가 돌아왔는데, 여러 문사들이 북방의 문장을 물었더니, 답하기를, "한산사(寒山寺)에 한 조각 돌이 이야기할 만하고 그 나머지는 모두 당나귀 울고 개 짖는 소리와 같다." 하였다. 온자승(溫子昇)이 지은 한산사의 비문(碑文)만이 볼만한 문장이라는 뜻이다.

21 서상시(徐常侍) : 남당(南唐)의 마지막 임금인 이욱(李煜)과 함께 송(宋)나라에 항복하여 산기상시(散騎常侍)를 역임한 서현(徐鉉)을 가리킨다. 당시에 한희재와 명성을 다퉈 한서(韓徐)로 병칭되었다. 『송사(宋史)』 권441

22 송나라에서 일찍이 도경(道經)을 구하여 7천여 권을 얻은 다음, 서현(徐鉉) 등에게 명하여 교수(校讐)하게 하여 이 중에 중복된 것을 버리고 3천 7백 37권으로 만들었다. – 이규경 『오주연문장전산고(五洲衍文長箋散稿)』 〈도장총설(道藏總說)〉

될까 두렵습니다." [좌중(座中)은 접반장로(接伴長老)를 수행하여 따라온 나파씨(那波氏) 노당(魯堂)을 가리킨다. 노당은 나파활소(那波活所)의 후손이다.]

류몬이 말하였다. "이전에 이 사람이 저의 집을 방문한 적이 있어, 이미 교류가 있습니다. 노당과 친한 사람이 서경(西京)에 있는데 저에게 시를 배운 적이 있어, 일찍부터 그 이름을 알고 있었습니다. 저의 5대조와 노당의 선조는 종실(宗室)에서 함께 벼슬을 하였습니다. 이름난 유사(儒士)의 자손이며 보통의 서생(書生)이 아닙니다.

비록 그러하나 오당(吾黨)에는 명사(名士)들이 많습니다. 족하께서는 이방(異邦)의 손님이니 그 무고(武庫)를 속속들이 알 수는 없을 것입니다. 만약 오당 중의 한 사람이라도 보신다면, 오병(五兵)이 종횡하여 범할 수 없는 것과 같은 훌륭한 글재주를 보게 될 것입니다. 어찌 반드시 노당으로 하여금 홀로 용맹을 뽐내게 하십니까."

용연이 말하였다. "두 분의 세덕(世德)으로 말미암아 그 아름다운 자취가 성대함을 더욱 볼 수 있습니다. 모름지기 더욱 힘쓰고 노력하여 세한(歲寒)[23]의 기약을 저버림이 없도록 하십시오."

류몬이 말하였다. "낮에 운아(雲我) 이군(李君)과 잠깐 동안 환담하였는데, 그 재주가 대단하여 아낄 만하였습니다. 공무에 바쁜지라 품은 생각을 다 펴보진 못했으나, 이 사람은 왕세정을 준적(準的)으로 삼고 있더군요. 이것은 귀국에선 드문 일입니다."

용연이 말하였다. "운아의 이름이 무엇입니까?"

23 세한(歲寒) : 의지를 굳게 가져 어려움에도 변하지 않는다는 뜻이다. 『논어』「자한(子罕)」에 "날씨가 추워진 뒤에야 소나무와 잣나무가 늦게 시듦을 안다. [歲寒然後, 知松柏之後彫也.]" 하였다.

류몬이 말하였다. "이군(李君) 우상(虞裳)입니다."

용연이 말하였다. "이군은 문장이 기특한 선비입니다. 제가 잠깐 그 호를 잊었군요. 오문(吳門), 즉 왕세정은 명나라의 대가이기는 해도 시가(詩家)의 정맥(正脈)은 아닙니다. 우리나라 사람들은 취하지 않습니다."

류몬이 말하였다. "뭇 사람이 취하지 않는 바를 이공은 취하고 있으니 참으로 기이한 선비로군요. 왕세정은 학식이 넓고 크기로 고금에 으뜸입니다. 그 시로 말하면 저도 취하는 것이 있고 취하지 않는 것이 있습니다만, 문장은 취하지 않을 수가 없습니다."

류몬이 말하였다. "공들께서는 나니와(浪華)의 목세숙(木世肅)을 만나셨습니까? 일찍이 저에게 그 당(堂)의 시제를 청하였고, 친구인 송기(松崎)군이 기(記)를 지었습니다. 또한 듣자 하니 세숙이 고문(高文)을 청한다고 합니다. 나니와에 도착하여 이 사람을 만나면 저를 알고 있을 것입니다."

추월이 말하였다. "시는 지으나, 문은 짓지 않습니다."

류몬이 말하였다. "공들께서 쓰고 계신 관(冠)의 이름은 무엇입니까?"

용연이 말하였다. "퇴석의 것은 연엽관(蓮葉冠)이고, 추월과 현천의 것은 흑발건(黑髮巾)이며, 제 것은 동파도인관(東坡道人冠)이라고 합니다."

류몬이 말하였다. "구양수의 〈일본도(日本刀)〉는 일서(逸書) 백여 편이 아직도 남아 있음을 기리는 노래라는 것을 공들께서도 알고 계시겠지요. 선진(先秦)의 전적들 가운데 서불이 가져온 죽간(竹簡), 칠서(漆書)가 유독 우리나라의 신고(神庫)에 남아 있습니다. 우리 백석(白石) 원(源)공이 신묘년의 세 사신과 그에 관해 이미 논했으니, 지금 다 늘어놓지는 않겠습니다. 황간(皇侃)의 『논어황소(論語義疏)』, 공안국(孔安國)이 주(註)를 단 『고문효경(古文孝經)』, 왕숙(王肅)의 『공자가어주(孔子家語註)』 같은 것들은 이미 간행이 되었지요. 이것들은 중국에서 흩어져 없어졌는데 우리 일본에 온전히 남아 있으니, 옛 것을 좋아하는 학사들이 높여 받듭니다. 영락(寧樂)【곧 남도(南都)이다.】은 우리 선왕의 옛 도읍인데, 큰 곳간이 셋 있습니다. 곳간 속에 당나라에서 온 진귀한 서적이 많으니 두예(杜預)의 『좌전석례(左傳釋例)』 같은 것은 중국에서도 전해진다는 이야기를 못 들었는데, 곳간 가운데에 있다고 하더군요. 공들께서는 생각건대 염락(濂洛)의 학문에 깊이 취해 있으니 이러한 책들은 귀하게 여기지 않으시겠지요."

현천이 말하였다. "그렇습니다. 비록 이러한 주해들이 있다고 하여도 정심(正心)과 성의(誠意)의 술(術)에는 무익하니, 우리나라에서는 취하지 않습니다."

용연이 내 시에 화답하며 "글을 지은 지금의 태사(太史)는 서인(庶人)이 된 옛 장군이라.[著書今太史, 爲庶古將軍.]"라고 하였는데, 여러 번 이 구절을 가리키면서 웃으며 나를 돌아보았다.

류몬이 말하였다. "시에 두보[24]가 조장군(曹將軍)[25]을 애처로이 여긴 노래의 뜻이 깃들어 있군요. 저로 하여금 옛 감회에 젖게 하니, 눈물이 날 것 같습니다."

현천이 말하였다. "동주(東州)에서 수십 일을 보냈는데 선생을 가장

---

24 노두(老杜) : 두보(杜甫). 만당(晚唐) 때의 시인 두목(杜牧)을 소두(小杜)라 부르는데 대한 칭호로, 성당(盛唐) 때의 시인 두보를 노두(老杜)라고 일컫는다.

25 조패(曹霸)를 가리킨다. 위(魏)나라 무제(武帝) 즉 조조(曹操)의 후손으로 그림을 잘 그렸는데, 조패의 유명한 그림 솜씨를 읊은 두보(杜甫)의 〈단청인(丹靑引)〉에 "잠깐 사이 대궐 안에 진짜 용마를 그려 놓자, 만고의 보통 말들 깨끗이 씻겨 없어졌네. [斯須九重眞龍出, 一洗萬古凡馬空.]"라고 한 내용이 있다. 『두소릉시집(杜少陵詩集)』 권13

늦게 만나게 되었습니다. 빈석(賓席)이 소란하여 저녁 내내 즐거운 만남을 가질 수는 없었으나 어렴풋이나마 선생이 문아(文雅)하고 뜻을 가진 선비[有志之士]라는 것을 알게 되었습니다. 이제 백년토록 재회를 기약할 수 없는 이별의 정한을 어찌해야 하겠습니까. 바램이라면 (선생께서) 정주(程朱)의 학문에 더욱 마음을 쏟아 타고난 본성을 저버리지 않는 것이니, 그렇게 된다면 몹시 다행이겠습니다. 정말 다행이겠습니다."

류몬이 말하였다. "경계해주신 내용은 감사합니다. (그러나) 사람의 마음은 얼굴과 같으니 어찌 제 얼굴을 공의 얼굴과 같게 할 수 있겠습니까. 공의 입장이나 저의 입장이나 피차일반입니다. 저는 정주(程朱)의 학문을 믿지 않으니, 이는 공이 저의 학문을 신봉하지 않는 것과 같습니다. 제 어찌 제가 옳다고 생각하는 것을 고집하여 저를 비난하는 사람에게 말하겠습니까. 행여 분쟁이 일어날까 걱정되어 감히 논하지 않겠습니다. 제가 배우는 학술은 잠깐 동안에 갖추어 알 수 있는 것이 아닙니다."

현천이 말하였다. "시는 성정(性情)에 근본을 두니, 조각[雕鏤]한 것과 같을 뿐이라면 이는 시가 아닙니다. 그렇지 않다면 『시경(詩經)』 삼백편이 어떻게 삼경(三經)의 하나가 되었겠습니까. 깊이 생각하시어 본원(本源)의 곳에 힘을 쏟으십시오."

류몬이 말하였다. "제가 말하는 바는 『시경』과 『서경(書經)』, 예를 지켜 행하는 것[執禮][26]이니, 이야말로 수사학(洙泗學)의 본원(本源)이 아닙

26 시서집례(詩書執禮) : 『논어(論語)』 「술이(述而)」에 "공자께서 항상 말씀하신 것은 시와 서와 예를 행하는 것이었으니 이것이 모두 항상 말씀하신 것이다. [子所雅言, 詩書執禮, 皆雅言也.]"라고 한 데서 온 말이다.

니까. 시가 비록 성정에 근본을 두고 있으나, 만약 송인(宋人)의 의론처럼 온후화평(溫厚和平)[27]의 가르침에 그친다면 아마도 『시경』 삼백 편의 본지에 어긋나는 것이 될 것입니다. 공이 깨우쳐주신 바는 제가 오로지 시를 짓는 것에만 힘쓴다는 것이니, 문자를 외우고 암송하는 속학(俗學)이라 여기시는 것이 틀림없습니다. 매우 부끄럽습니다만, 또한 학문한 내용을 입을 열어 말하면 여러 공들의 심기를 거스르게 되니 감히 논하지 못하겠습니다. 글을 꾸미기를 마치 꽃처럼 하고 덕행을 쌓는 일을 잊어버리지 않도록 경계하고 삼가야 합니다. 명철한 가르침을 감히 받들겠습니다."

(류몬이) 또 말하였다. "날이 저물고 있으니 저는 이만 인사 올리고 돌아가겠습니다. 공들께서는 자중하시어 국가를 위해 아름다운 이름을 이루십시오. 다시 만날 날을 기약할 수 없는 것이 한스러울 뿐이니, 이 심정을 어찌하면 좋겠습니까."

추월이 말하였다. "이별의 정한은 저도 마찬가지입니다. 달리 심정을 표현할 말이 없습니다. 부디 자중하시기 바랍니다."

---

27 온후화평(溫厚和平) : 『논어』 「자로(子路)」에, "시 삼백을 외고도 정치를 맡겨 주면 통달하지 못하고, 각국에 사신으로 가서도 자기 임의로 응대하지 못한다면 아무리 많은 것을 배웠다 하더라도 무슨 소용이 있겠는가? [子曰, 誦詩三百, 授之以政, 不達. 使於四方, 不能專對. 雖多, 亦奚以爲?]"라고 한 주에, '시는 인정을 근본으로 사물의 이치를 포함하고 있으니, 가히 풍속의 성쇠를 징험하고, 정치의 득실을 보게 함이라. 그 말이 온후하고 화평하며 바람을 넣어서 깨우치게 함이 장점이라. 그러므로 시를 외우는 자는 반드시 정치에 통달하고 말에 능하니라. [詩, 本人情該物理, 可以驗風俗之盛衰, 見政治之得失. 其言, 溫厚和平, 長於風諭. 故誦之者, 必達於政而能言也.]'라고 한 것으로 보인다. 위의 문답에서 류몬이 '물리(物理)'·'풍속지성쇠(風俗之盛衰)'·'정치지득실(政治之得失)'·'풍유(風諭)' 등 시의 외왕(外王)적 측면을 강조하고 있는 반면, 현천은 '성정(性情)'에 근본한 시의 내성(內聖)적 측면을 강조하고 있다. 시를 짓는 목적과 효용에 관해 일본 문사와 조선 유자가 정면으로 대립한 흥미로운 대목이다.

용연이 말하였다. "이별하게 되니 암담하여 넋이 나갈 듯합니다. 잠깐의 이별에도 오히려 넋이 나갈 터인데, 하물며 이생에서의 마지막을 고하는 이별이겠습니까. 하룻밤에 만남의 장과 이별의 자리를 함께 하니, 이별의 회한을 어찌 말로 할 수 있겠습니까. 자중자애(自重自愛)하시길 바랄 뿐입니다."

현천이 말하였다. "바쁜 일정에 회포를 다 풀지 못하였으니, 어느 날인들 잊을 수 있겠습니까. 더욱 자중하시기 바랍니다."

퇴석이 말하였다. "잠깐이나마 맑은 풍모를 접하고 거듭 화답시를 받았으니 매우 위안이 됩니다. 지금 갑작스레 영원히 이별하게 되니 슬픔과 황망함을 어찌해야 할지요."

그러고는 네 학사가 일어나 두 번 읍하였는데, 용연은 탄식을 그치지 못하였다. 답례로 읍하고 나왔다.

운아의 방에 도착하니, 그는 사관(使館)에 일이 있어 아직 돌아오지 않았다. 앉아서 그를 기다리는데, 운아의 노복(奴僕)이 나를 쫓아내려 하였다. 그에게 말로 설명할 수 없어 글을 써서 보여주었는데 읽지를 못하였다. 옆 방에 오대년(吳大年)이라는 사람이 있어서 내가 편지를 써서 보여주며 말하기를, "저와 이군(李君)은 약속이 되어 있으니, 이군이 돌아오기를 이곳에서 기다리겠습니다. 공들께서는 이상하게 여기지 마십시오"라고 하였다. 이 사람이 고개를 끄덕였다.

어떤 사람이 나에게 읍(揖)을 하고 글을 써 보여주었다. "저의 성(姓)은 이(李)이고 이름은 명지(命知), 자는 성흠(聖欽), 호는 벽하(碧霞)라 합니다. 관직의 품계는 첨지(僉知)입니다. 제가 일본어[和語]에 능통하니 통역을 쓰지 않아도 됩니다. 일본 문자도 잘 압니다."

류몬이 말하였다. "무진년(1748) 사신을 따라왔던 학사들께서 무탈하게 잘 지내신다는 사실은 이미 들었습니다. 남학사(南學士), 박군(朴君)과 두 분 이군(李君)께서는 지금 어떤 관직에 계십니까."

벽하가 말하였다. "건강하게 잘들 있으며 관직은 승진하였습니다. 구헌(矩軒)은 남포태수(藍浦太守)로 나가 있고, 제암(濟庵)은 도원(桃源)의 찰방(察訪) 직임을 맡고 있으며, 해고(海皐)는 교서관(校書館)의 박사(博士)입니다."

의관을 차려입은 사람이 와서 붓을 잡고 나에게 글을 써서 보여주었다. "공이 당당한 제실(帝室)의 자손으로서 이같이 낮아졌으니, 비태(否泰)의 이치가 있다고 말할 수 있겠습니다."

(그가) 또 말하였다. "신묘년(1711)의 학사와 이름이 같으시군요." [내가 잠시 무슨 말인지 알아듣지 못하다가 물러나와 생각해보니, 신묘년 빙사(聘使)를 따라온 학사 청천(青泉) 신유한이 나와 이름이 같기 때문에 그렇게 말한 것이었다.]

류몬이 말하였다. "족하께서는 누구십니까?"

이 사람이 대답하지 않고 크게 글을 써서 보여주었다. "이야말로 '왕손은 돌아오는가? 돌아오지 않는가? [王孫歸不歸.]'[28]라는 것이군요."

류몬이 말하였다. "'왕손은 떠나가 돌아오지 못한다. [王孫游兮不歸.]'[29]라지만, 이군께서는 빨리 돌아오셨으면 좋겠군요." [류오카가 옆에 있어서 물으니, 의원(醫員) 단애(丹崖)라고 하였다.]

---

28 왕손귀불귀(王孫歸不歸) : 고시(古詩)에 "봄풀은 해마다 푸른데 왕손은 돌아오는가? 돌아오지 않는가? [春草年年綠, 王孫歸不歸.]" 하였다. 한(漢)나라 회남왕(淮南王) 유안(劉安)이 지은 『초사(楚辭)』의 〈초은사(招隱士)〉에서, "왕손은 떠나가 돌아오지 않는데, 봄풀은 싹이 돋아 어느새 무성하네. [王孫遊兮不歸, 春草生兮萋萋.]"라는 명구(名句)를, 후세의 많은 시인들은 증별(贈別)에 있어서 돌아오지 못한다는 말로 인용하였다.

29 위의 주 참조.

단애가 말하였다. “건넌방에 공과 성이 같은 사람이 있는데 만나보면 어떻겠습니까?”

류몬이 말하였다. “바라는 바입니다. 청컨대 제 뜻을 전해주십시오.”

단애가 검은 말총 망건과 흰 겹옷을 입은 사람을 데리고 와, 서로 읍하고 예를 마쳤다. 그 사람이 휴대한 가죽 주머니를 열어 그 속에서 나의 성명(姓名)과 자호(字號)를 적은 종이 조각을 꺼내어 내게 펼쳐 보여준 다음, 다시 가죽 주머니 속에 집어넣었다.

류몬이 말하였다. “제가 비록 그대와 성이 같지만 바다를 사이에 두고 서로 멀리 떨어져 있는지라 평소에 소식을 전할 수 없는데, 어떻게 해서 비천한 저의 성명을 알고 계십니까.”

그 사람이 말하였다. “묵재(默齋) 홍군(洪君)의 필담을 얻어 보았습니다. 그대의 성명을 들은 후로 한번 만나보고 싶어 성명을 기록해두고 보관해 두었습니다.”

류몬이 말하였다. “제가 어제 화산(華山) 조군(趙君)과 더불어 즐거운 시간을 보내다가, 국서를 수행해 온 분 중에 저와 성이 같은 사람이 있다는 말을 듣고 공들을 알게 되었습니다. 뜻밖에도 이곳에서 만나 뵙고 동성(同姓)의 우호를 맺게 되니, 어찌 다른 사람과의 만남에 비할 수 있겠습니까. 정의(情誼)가 실로 형제와 같습니다. 그대의 이름과 자(字), 관호(官號)를 자세히 써서 보여주십시오.”

그 사람이 말하였다. “저의 이름은 도홍(道弘)이고, 자는 사행(士行), 호는 수헌(水軒)이며 관계(官階)는 첨지입니다.”

수헌이 우리 말을 제법 할 줄 알았다. 그가 물었다. “듣자 하니 공의 나이는 46세라지요. 저는 47세입니다. 공에게는 정실 처가 있습니까? 첩은 두셨는지요? 또한 자녀는 얼마나 두셨습니까?”

류몬이 일본 말로 대답하였다. "가난한 집이라 첩을 두지 못하였습니다. 다행히 처[荊婦][30]에게 2남 2녀를 두었습니다."

수헌이 말하였다. "몇 살입니까?"

류몬이 말하였다. "장남은 열다섯 살이고 차남은 다섯 살, 장녀는 열한 살, 차녀는 여덟 살입니다."

수헌이 붓을 쥐고 글을 써서 말하였다. "저는 3남 2녀를 두었습니다. 장남은 스물네 살이고 차남은 스물한 살, 삼남은 아홉 살, 장녀는 스물여덟 살, 차녀는 열아홉 살입니다. 아드님께서 나이가 어리시니 아직 자식이 없겠군요. 제 맏아들은 아들이 하나 있는데 올해로 다섯 살이고 딸은 세 살입니다. 맏딸의 아들은 아홉 살이고 딸은 일곱 살입니다. 저의 친손자와 외손자는 (이렇게 모두) 네 명입니다."

수헌이 일본어로 물었다. "부인의 나이는 몇 살입니까? 제가 (공의) 뒤를 이을 후사가 걱정되어 그럽니다."

류몬이 말하였다. "마흔 살가량 됩니다. 건강한 사람이라 다행히 집안일을 능히 감당할 만합니다."

류몬이 말하였다. "자손이 번성하시니[31] 공의 즐거움을 알 만합니다. 동성의 번성함은 진실로 축하할 만한 일입니다. 다만 다른 나라

---

30 형부(荊婦) : 남에게 자기의 아내를 낮추어 이르는 말.

31 종사초료(螽斯椒聊) : 종사(螽斯)는 『시경』「주남(周南)」〈종사〉에 "수많은 베짱이들 화목하게 모여드니, 의당 네 자손이 대대로 번성하리라. [螽斯羽, 詵詵兮. 宜爾子孫, 振振兮.]"고 한 데서 온 말인데, 문왕(文王)의 후비(后妃)가 투기하지 않고 모든 궁녀(宮女)들과 화목하여 자손이 많았으므로, 궁녀들이 그를 한 번에 99개의 알을 낳는 베짱이에 비유하여 노래한 것이다. 초료(椒聊)는 후추로, 『시경』 당풍(唐風) 초료에 "초료의 열매 번성하여 되에 가득하네. [椒聊之實, 蕃衍盈升.]"라 한 구절에서 자손이 많은 것을 비유하는 말로 쓰였다.

다른 지역으로 나뉜 까닭에 한 곳에 모여 술 한 잔 같이하며 동성의 즐거움을 다할 수 없는 것이 한스러울 뿐입니다."

(류몬이) 또 말하였다. "제가 황실의 자손으로 공과 근원이 같음을 알게 되었습니다. 저의 선조가 중국을 떠나 동쪽으로 온 지 여러 해가 지났습니다. 저는 이곳에서 나고 자랐으므로 의복 습속(衣服習俗)을 이 나라의 풍속에 따르지 않을 수 없습니다. 지금 공들의 의관을 보니 한(漢)나라를 그리는 제 마음이 더욱 깊어집니다. 그러나 중국에서 나고 자랐다면 청나라의 오랑캐 풍속을 면치 못하였을 것이니, 피차의 시비를 말하고 싶지는 않습니다. 중국은 실로 개탄할 만하지만 귀국의 문물은 거듭 경탄할 만합니다."

수헌이 말하였다. "지금 드넓은 이 천지에[32] 예악문물이 홀로 우리나라에 온존하고 있으나, 나라마다 각각 제도가 다르니 무슨 문제가 있겠습니까. 풍속을 따를 뿐입니다. 다만 공께서는 황실의 후예로서 이렇듯 일본 땅에서 영락하여 이국의 사람으로 자랐으니, 전대(前代)를 떠올린다면 반드시 한이 많으실 것입니다."

류몬이 말하였다. "진심어린 위로의 말씀에 깊이 위안이 됩니다. 목이 메어 뭐라 말씀 드릴 수가 없습니다. 지금 이렇게 영락하였으니 누가 유씨[卯金刀][33]를 공경하겠습니까."

(류몬이) 또 말하였다. "그대의 가계는 어떠합니까?"

수헌이 말하였다. "같은 계파인지 아닌지를 정확하게 알 수는 없습니

32 대천지하(大天之下) : 대천(大天)은 불가(佛家)의 용어로 삼천 대천세계(三千大天世界)의 준말이다. 대천지하는 드넓은 세상을 지칭하는 것으로 보인다.

33 묘금도(卯金刀) : '유(劉)'를 파자(破字)한 것이다.

다. 제 성(姓)이 워낙에 드문지라 본국에 있을 때에도 동성의 사람을 만나면 저도 모르게 기뻐했는데, 하물며 이역에서의 상봉이겠습니까. 비록 아름다운 교분은 없었으나 처음 만나도 마치 옛 친구를 보는 듯합니다."

류몬이 말하였다. "참으로 월나라의 유랑민[34]이 아는 사람을 만나 기뻐했다는 것과 같습니다. 귀국의 많은 사람 가운데 갑자기 동성의 사람을 만나다니, 전세의 인연을 하늘이 허락하신 것입니다. 이역에서 공의 말씀[謦欬][35]을 들으니 그 기쁨은 형제를 만난 것보다 더 합니다. 저와 공을 "초목에 비유하자면, 냄새가 서로 같은 것. [譬諸草木, 臭味同也.]"[36]입니다. 제가 고관(高館)을 방문한 지 여러 차례인데 어찌 이렇게 늦게서야 만나게 되었는지요. 한스럽고 한스럽습니다."

수헌이 말하였다. "참으로 그러합니다."

류몬이 말하였다. "우리나라의 선왕께서는 수(隋)·당(唐)에 사신을 파견하였습니다. 또한 준수한 이를 선발하여 그 나라에서 공부하게 하였는데, 이들을 일러 유학생이라 하였습니다. 예악 제도(禮樂制度)는 한결같이 수·당의 제도를 따랐고, 의관 문물(衣冠文物)은 성대하게 빛났습니다. 문무(文武) 관료들은 과거법(科擧法) 실행에 대한 계책을 바쳤고, 인

34 월지유인(越之流人) : 월(越)나라의 장석(莊舃)이 초(楚)나라에서 벼슬을 하다가 병이 들었을 때, 초왕(楚王)이 사람을 시켜 그가 고향을 생각하는지의 여부를 알아보게 한 결과, 그는 병중에도 고향을 생각하여 월나라 노래를 하였다고 한다.

35 경해(謦欬) : 윗사람을 공경하여 그의 '기침 소리'나 '말씀'을 이르는 말.

36 『좌전(左傳)』 양공(襄公)에 "계무자가 말하였다, '누가 감히 명을 따르지 않겠습니까! 지금 초목에 비유하자면, 군주께서 꽃이라면 과군은 그 향기에 지나지 않습니다. 기쁜 마음으로 명을 받들 뿐 어찌 시기에 구애받겠습니까?' [季武子曰, '誰敢哉! 今譬于草木, 寡君在君, 君之臭味也. 歡以承命, 何時之有?']"라고 한데서 온 말이다.

재는 그 그릇에 맞게 각각 나아갈 수 있어, 자주색 인끈을 드리우고 금인(金印)을 찬 고관(高官)은[37] 마치 엎드려 땅의 티끌을 줍는 것과 같이[38] 쉽게 취할 수 있었습니다. 때문에 천조(天朝)의 전례(典禮)는 지금껏 바뀌지 않았고, 공경대부는 정수리의 머리를 깎지 않았으며, 의관을 상용하였습니다. 비록 예는 폐했어도 양은 남아 있으니[39] 실로 경탄할 만합니다. 중엽 이래 천하가 분쟁에 휩싸여 환·문(桓文)[40]과 같은 이들이 연이어 일어나 문교(文敎)가 도탄에 빠지고 무부(武夫)들이 발호하였습니다. 오다 노부나가[織田信長][41]씨가 병권(兵權)을 잡고 곧이어 관백(關

37 타자대금(拖紫帶金) : 옛날에 삼공(三公) 등이 금인(金印)·자수(紫綬)를 장식하여 차고 다녔던 것에서 유래하여 현달한 고관을 뜻한다.

38 면습지개(俛拾地芥) : 『한서(漢書)』 권75 하후승전(夏侯勝傳)에 "경술이 진실로 밝기만 하면 고관대작 취하는 것은 마치 엎드려서 땅의 티끌을 줍는 것과 같은 것이다. [經術苟明, 其取青紫如俛拾地芥耳.]"라고 한 데서 온 말이다. 티끌 줍듯 했다는 것은 아주 쉽게 취할 수 있음을 이른다.

39 수양존(雖羊存) : '비록 예는 폐했어도 양은 남아 있다[禮雖廢, 羊存]'를 줄인 말. 자공(子貢)이 일찍이 곡삭(告朔)하는 희양(餼羊)을 없애고자 하니, 공자가 이르기를, "사야, 너는 그 양을 아깝게 여기느냐? 나는 그 예를 아까워하노라. [賜也, 爾愛其羊, 我愛其禮.]" 한 데서 온 말이다. 곡삭은 옛날 천자(天子)가 매년 섣달이면 각 제후(諸侯)들에게 내년 12개월의 달력을 반포하였는데, 제후는 이 달력을 받아다가 사당(祠堂)에 간직해 두고 매월 초하루마다 숫양 한 마리[特羊]를 잡아 사당에 올리고 그달의 달력을 꺼내서 거기에 적힌 정령(政令)대로 시행했던 것을 말하고, 희양은 바로 여기에 쓰는 양을 말한다. 노(魯)나라가 문공(文公) 때부터 이 곡삭의 예를 폐해버렸으나, 유사(有司)가 아직도 그 양만은 올리고 있으므로, 자공이 예는 폐했으면서 양만 소비하는 것을 아깝게 여겨 이를 없애고자 했던 것인데, 공자는 이에 대하여 양마저 없애 버리면 곡삭의 예가 아예 근거도 없게 될까 염려해서 이른 말이었다. 『논어(論語)』「팔일(八佾)」

40 환문(桓文) : 춘추 오패(春秋五覇) 중의 제 환공(齊桓公)과 진 문공(晉文公)의 합칭이다.

41 오다 노부나가[織田信長] : 일본의 전국(戰國)·아즈치시대[安土時代]의 무장(武將). 무로마치 막부[室町幕府]를 단절시켰고 전국전란의 시대에 무력으로 일본통일을 이룩하겠다는 의지를 표방하였다.

白)[42] 도요토미 히데요시가 일어나면서 관료들은 어지러이 상무(尙武)의 풍속을 이루었습니다. 인물상의(人物裳衣)를 고제(古制)에 따르지 않고 구차하게 간편함을 좇아 조나라 무령왕(武靈王)이 호복(胡服)을 사용[43]하였던 것과 같이 한 것이 이백여 년이 되었으니, 뜻있는 문사들이 탄식하고 있습니다. 제가 비록 이역의 유종(遺種)이나 다행히 조선 사대부의 관상(冠裳)이 엄연함을 접해 보니 중국의 오랑캐 풍속보다 월등히 뛰어남을 알게 되었습니다. 기쁘고 즐겁습니다."

전립(氈笠)을 쓴 사람이 『동사일기(東槎日記)』라는 제목이 붙은 큰 책을 가지고 들어왔다. 수헌이 책을 펴 읽다가 한 곳을 손으로 가리키며 보여주었다. 얼마간 말을 나누다가 그 사람이 책자를 가지고 돌아갔다. 얼마 후 흰 겹옷을 입고 흑모(黑帽)를 쓴 두 사람이 와서 또한 수헌과 대화하였는데 논쟁하는 것 같았으나, 이국의 말이라 알아들을 수 없었다. 수헌이 자신의 의견을 굽히는 것 같았다.

수헌이 말하였다. "공무가 있어서 편안히 대화를 나눌 수 없게 되었습니다. 거듭 유감스럽습니다."

그 두 사람이 수헌을 데리고 나갔다.

---

42 관백(關白) : 성인(成人)이 된 천황(天皇)의 최고 보좌관 또는 섭정. 헤이안 시대(平安時代)에 생겨난 이 직책은 표면적으로는 천황을 대행하여 정무를 수행하였으나, 종종 정권의 실세로 행동하였다. 관례상 후지와라 씨(藤原氏) 가문이 이 직책을 맡아 왔으며, 이외의 관백은 도요토미 히데요시(豊臣秀吉)와 그의 양자뿐이었다. 1590년 일본을 재통일한 그는 장군(將軍)이라 칭하지 않고 후지와라 씨의 후손임을 선언하고 관백을 자처하였다. 이 직책은 도쿠가와 시대(德川時代)까지 계속되었으나 도요토미 히데요시 이후에는 실권이 없어졌다.

43 전국시대에 조 무령왕(趙武靈王)이 호복을 본떠 혜문관(惠文冠)을 만들고, 이를 초미(貂尾)로 치장해서 썼다. 『후한서(後漢書)』「여복지(輿服志)」

오대년(吳大年)이 상자 하나를 꺼내왔는데, 상자를 여니 전채화(剪綵花)가 보였다. 집어 들고 이리저리 살펴보며 희롱하기를 수차례 하다가, 가지고 돌아가 자식들에게 주려고 하였다. 대년이 글을 써서 말하기를, "공께서는 이 상자를 갖고 싶으십니까? 저는 가지고 돌아가도 쓸 데가 없으니 드리고 싶습니다."라고 하였다. 내가 받아가지고 돌아왔다.

밤이 이미 2경이었는데 운아(雲我)가 사관에서 왔다.

운아가 말하였다. "제가 몹시 피곤합니다. 좀 누워서 이야기할까 하는데 허락해주시겠습니까?"

류몬이 말하였다. "마음대로 하십시오."

하인이 밥과 찬을 올렸다. [조선 사람들은 우리나라 음식에 비해 기름기 있는 것을 좋아하는데, 맛을 보니 몹시 담박했다.]

운아가 말하였다. "제 전대 속에는 초고(草稿)가 많습니다. 귀국 후 책 한 권을 쓸 생각인데, 책 이름은 '산호철망(珊瑚鐵網)'으로 정했습니다. 일본의 특출한 인물과 재사(才士), 아름다운 산수와 진기한 보물들, 기이한 초목과 꽃, 돌과 새와 짐승 등을 모두 망라하여 빠뜨리는 바가 없도록 할 것입니다. 마땅히 소전(小傳)을 실어 천하 만세로 하여금 류몬 선생이라는 분이 계셨는데 불우했음을 알게 하고자 합니다."

류몬이 말하였다. "감당치 못하겠습니다, 감당치 못하겠습니다. 하잘것없는 제 이름이 공(公)으로 인해 귀국에 전해지는 것만도 다행한 일이거늘 그대의 비호 덕분에 제 글이 천추의 뒤까지 전해진다면 저는 죽은 뒤에도 불후(不朽)를 누리겠지요. 다만 한스러운 것은 서로 하늘 끝 다른 나라에 살고 있어 책이 완성되더라도 그걸 볼 수 없다는 사실입니다."

류몬이 말하였다. "우리나라의 문장은 근대에 크게 변하여 왕·이를 배우는 자가 열에 일고여덟이나 됩니다. 귀국은 어떤지요?"

운아가 말하였다. "중국은 이미 시들해졌고, 우리나라도 배우는 사람이 없습니다. 모두 과거 공부에 골몰하는 바람에, 고문(古文)을 익히는 자가 뜻을 붙여서 받듦이 없습니다."

류몬이 말하였다. "우리나라 사대부는 녹(祿)과 업(業)을 세습하므로 과거제도가 없습니다. 그러니 시험 준비를 해서 벼슬에 나아가고자 하는 마음이 없습니다. 세상 사람들은 문장을 아름다운 것으로 여기고 있습니다. 그중 글을 배우는 자들은 천추의 뒤에 이름을 전하려는 뜻을 품고 있습니다. 또한 과거 문장의 비루함을 배우지 않으므로 고문사(古文辭)를 본받는 자들에게 난감할 일이 있을 리 없습니다. 이 때문에 큰 학업을 성취할 수 있습니다."

운아가 말하였다. "그거 참 좋군요."

류몬이 말하였다. "제가 빈관(賓館)에 며칠간 드나들면서 학사와 세 분 서기와 만났으나, 그대처럼 재주와 식견이 탁월한 분은 보지 못했습니다. 하늘이 좋은 인연을 주지 않아 서로 만남이 늦었으니 한탄할 만합니다. 제가 만일 그대와 같은 분이 계신 줄 일찍 알았다면 어찌 그대 아닌 여러 학사들을 만났겠습니까? 여러 날 많은 필담을 나눈 것이 실로 쓸데없는 말을 한 데 불과합니다."

운아가 말하였다. "외국의 문사를 마주해서는 진실된 학문을 이야기하며 서로 절차탁마함이 옳은 일이거늘, 필설(筆舌)을 낭비하면서 쓸데없는 이야기를 해서야 되겠습니까."

류몬이 말하였다. "무진년(1748)에 저는 박(朴)·이(李) 등의 여러 학사들을 만났는데, 문장과 학술에 대한 의론 개진이 활발했습니다. 그러나 이야기가 왕세정과 이반룡에 미치자 여러 학사들은 기뻐하지 않았는데, 이는 그 기색을 보아 알 수 있었습니다. 제가 이 일을 경계 삼아 이번에는 여러 학사들과 그저 쓸데없는 대화만 나눴을 뿐입니다."

운아가 말하였다. "사람의 마음은 얼굴처럼 제각각입니다. 말씀하신 학사들은 제가 모르는 사람들입니다."

류몬이 말하였다. "제가 여러 날 조선 사대부를 만났지만, 고문사를 함께 말할 만한 이는 없었습니다. 여러 사람 가운데 그대가 있음을 알게 된 것은 긴보오(金峰)가 그대 칭찬을 하면서 일본에 온 조선인 가운데 으뜸이라고 했기 때문입니다. 이 사람은 그대에게 있어 해외의 한 지기(知己)라 할 수 있습니다."

(류몬이) 또 말하였다. "저는 어릴 때 스승에게서 성리학을 배웠는데, 나중에 선배의 글을 읽고는 옛 공부를 모두 버리고 고문사에 의거해 경전의 뜻을 해석하게 됐습니다. 송유(宋儒)의 결점은 가릴 수가 없습니다. 슬픈 일이 아니겠습니까. 그들은 옛 선왕(先王)의 시서예악(詩書禮樂)의 도를 심성 수양의 법으로 변질시켰으니, 그게 불교에 빠져드는 것인 줄 알지 못한 것입니다. 지금 여러 학사들은 걸핏하면 격물궁리(格物窮理)를 해야 한다고 제게 충고하는데, 저는 그 진부한 말에 염증을 느낍니다. 그러던 중 그대를 만나니 언덕을 뛰어넘어 태산에 오른 기분이어서 여러 학사들이 작게만 보입니다. 그대는 경전의 뜻을 탐구함에 반드시 공자에까지 거슬러 올라가리니, 그 깊은 식견이 대단할 줄 압니다. 그대는 학술에 있어 특별한 소견이 있겠지요?"

운아가 말하였다. "국법에 송유와 다르게 경전을 해석하는 걸 엄중하게 단속하는지라, 감히 이런 일에 대해서는 말씀드릴 수가 없습니다. 문장에 대해서나 논했으면 합니다."

류몬이 말하였다. "문장은 위대한 것이니, 그대의 아름다운 이름이 반드시 해동에 떨칠 것입니다. 그러나 그 추구하는 바가 세상의 유행과 어긋나니, 비난을 면하지 못할까 봐 걱정됩니다. 잘 대비하셔서 끝까지 탈이 없도록 하시기 바랍니다."

(류몬이) 또 말하였다. "그대는 엄주(弇州)[44]를 숭상하는데, 실로 귀국에 유일한 분일 테지요. 그래서 저는 이제 문왕(文王)의 시대를 기다리지[45] 않아도 되니 잘됐습니다. 잘됐습니다."

운아가 말하였다. "저는 훌륭한 식견이 없습니다. 저의 스승 탄만(歎歎) 선생[46]이라는 분이 계신데, 문장이 우리나라 천고의 으뜸입니다. 저는 스승의 주장을 받아들였을 뿐입니다."

류몬이 말하였다. "과연 연원이 있었군요. 저는 애초 귀국에서 숭상하는 것은 평범한 송나라 문장에 불과하리라 생각했는데, 지금 그대의 말씀을 듣고서 비로소 나라 안에 사람이 있음을 알게 되었습니다. 그분을 칭찬하는 이가 많지 않을 듯해 걱정이 되는군요."

운아가 말하였다. "전우산(錢虞山)이 말하기를, '천지는 크고 고금은 원대하며, 글 짓는 마음은 지극히 깊고 글의 바다는 지극히 넓거늘, 우쭐대며 한두 사람을 대가로 삼아 수레를 타고 쥐구멍으로 들어가는 짓은 가소로운 일이다.'라고 했지요. 저는 어릴 적에 왕·이의 말을 익혀 그것을 본떠 은미한 데로 들어갔는데, 제 스승의 가르침을 받들어 따로 방법을 내어서 왕·이에 나아가 별도로 일가(一家)를 열어야겠다고 생각하게 되었습니다. 그렇지만 그들을 숭상하는 뜻은 쇠하지 않

44 엄주(弇州) : 왕세정의 호.

45 사문왕(竢文王) : 문왕(文王) 때처럼 잘 다스려진 시대를 기다림.

46 탄만(歎歎) : 이용휴(李用休)를 가리킨다. 1708~1782. 자는 경명(景命), 호는 혜환(惠寰), 본관은 여주(驪州)이다. 저서로는 『탄만집』, 『혜환시초(惠寰詩抄)』, 『혜환잡저(惠寰雜著)』가 있다.

았습니다. 이것이 제가 평소 깨달은 생각인지라 감히 말씀드립니다."

류몬이 말하였다. "환골탈태(換骨奪胎)는 옛사람도 말한 바 있습니다. 한 글자 한 구절까지 본뜬다면 저 한단(邯鄲)의 소년처럼 엉금엉금 기어가는 꼴이 되고 말 것입니다. 또한 설사 잘 본떠서 왕·이와 모습이 흡사해진다 할지라도, 그것은 우맹(優孟)이 손숙오(孫叔敖)를 따라 하는 것과 무엇이 다르겠습니까.[47] 그리고 서예를 배우는 자가 옛 법첩(法帖)을 그대로 따라 쓰는 것과 무엇이 다르겠습니까. 저는 그대의 말에 깊이 공감합니다. 우리나라에서 고문사를 창도한 사람은 소라이가 효시입니다. 이·왕을 본떠서 따로 자신의 시문을 창작했는데, 강론(議論)에 있어서의 탁견은 그들보다 더 나은 데가 있습니다. 실로 잘 배웠다고 하겠지요.

저는 그분과 시대를 같이하지는 못했습니다만, 이 일에 있어서는 따라 배우지 않을 수 없습니다. 저는 처음에 왕·이를 영수로 삼았으나, 재주는 작고 학식은 얕아 우러러보면 볼수록 더욱 높게 느껴졌습니다. 급기야 그 한 부분을 엿봤는데, '왕'은 도달하기 쉽고 '이'는 미치기 어렵다는 생각이 들었습니다. '왕'은 박식함과 광대함을 갖고 '이'에 대적했으나, 그 재주는 실로 '이'보다 한 등급 아래였습니다. 저는 한유와 유종원을 이끌고 왕세정과 이반룡을 하인으로 삼아 선진(先秦)으로 올라가서 능히 좌구명(左丘明)과 사마천(司馬遷)이 되었으면 합니다.

47 우맹(優孟)은 초(楚)나라 배우인 맹(孟)을 말한다. 손숙오는 초 장왕(楚莊王) 때의 어진 정승이었는데, 그가 죽은 뒤 그의 아들이 워낙 빈곤하자, 우맹이 그를 구해줄 목적으로 손숙오의 의관(衣冠)을 차리고 초 장왕 앞에 나타나니, 초 장왕이 크게 놀라며 손숙오가 다시 살아온 것으로 여기고 그를 정승으로 삼으려 했었다는 고사가 『사기(史記)』 권126에 실려 있다. 본문에서는 광대가 남의 흉내를 내는 것을 의미한다.

그렇지 않고 머리 조아려 왕· 이의 신하가 된다면 그들의 공을 반으로 줄이는 것이 될 것입니다. 그대는 어떻게 생각하시는지요?"

운아가 말하였다. "문 닫고 수레를 만들었어도 천리 밖에까지 바퀴 자국이 합치되니, 훗날 일본을 빛낼 자는 반드시 그대 유왕손(劉王孫)일 것입니다."

류몬이 말하였다. "박식하고 광대하며 재주 높고 저술이 많은 사람은 세상에 왕엄주 한 사람뿐이라는 그대의 말은 틀린 말이 아닙니다. 하지만 제가 취하는 바는 정편(正編)에 있습니다. 속편은 뜻이 문장에 앞서니, 꼭 배워야 할 것은 아닙니다. 배운다면 수사(修辭)를 해치게 될 것입니다."

운아가 말하였다. "제가 보기에 원미(元美)와 같은 박식함은 옛날에도 없었습니다. 참 기이한 일입니다."

어떤 사람이 운아를 부르러 왔다.

운아가 말하였다. "제가 또 부르는 명이 있으므로 다시 사관으로 들어가야겠습니다. 청컨대 공께서는 진중하십시오. 한 번 헤어지면 천리입니다."

류몬이 말하였다. "보통 사람들과 살아 이별도 슬퍼할 만한데, 하물며 공이겠습니까? 헤어진 뒤에 소식은 영영 끊어질 터이니, 제가 왕유(王維)의 시에 느끼는 바가 있습니다."

운아가 말하였다. "가고 머무는 정이야 한가지이겠지요."

서로 절하고 헤어졌다. 밤은 벌써 삼경이 지나 있었다.

벽하가 와서 나와 류오카와 더불어 이야기했는데 통역을 쓰지 않았다. 류오카가 그에게 화답하는 글을 써줄 것을 청해, 내가 두 장을 얻었다.

벽하가 말하였다. "저는 내일이면 떠납니다. 그대들은 평안하십시오."

나와 함께 운아의 방을 찾은 사람은 정자신(井子愼)이다. 붓으로 나눈 이야기 수십 장을 얻었는데, 또한 괄목할 만한 것이 있었다.

명지(名紙)

저의 성(姓)은 이(李)이고 이름은 언진(彦瑱), 자(字)는 우상(虞裳)입니다. 신라 개국공신 알평(謁平)의 후손입니다. 가세가 빈한하여 사역원[司譯司] 소속의 한학주부(漢學主簿)로 있는데, 미관말직[抱關擊柝][48]입니다. 재주가 없음에도 천하의 고문(古文)과 기이한 글을 읽는 걸 좋아합니다. 모친이 편찮으시고 부친이 연로하셔서 먼 길을 떠나오고 싶지 않았으나, 상사(上司)가 제가 재주가 있는 걸로 잘못 알아 마침내 명을 받들고 오게 되었습니다. 이것이 이른바 간람(竿濫)입니다. 호는 담환(曇寰)이라고도 하고, 운아(雲我), 탄등자(誕登子)라고도 하는데, 모두 붓가는 대로 쓴 것입니다. [이는 우상이 나에게 준 시 뒤에 쓴 것이므로 함께 기록해 둔다.]

운아는 참으로 재사(才士)다. 그가 붓으로 혀를 대신함은 몹시도 민첩해, 말로 문답을 주고받는 것보다 더 빨랐다.

『동사여담』 하권 끝.

48 포관격탁(抱關擊柝) : 문지기와 야경이라는 뜻으로, 신분(身分)이 낮은 관리(官吏)를 이르는 말.

동사여담 부록

난키[南紀] 사람 유유한(劉維翰) 문익(文翼) 저술.

시(詩)

제술관 추월 남공께 드리다
呈製述官秋月南公

류몬

봉래의 봄빛이 주가(珠珂)를 비추니	蓬萊春色映珠珂
산 넘고 물 건너며[1] 사모(四牡)의 노래[2] 읊었네	原隰騑騑四牡歌
예로써 다른 나라를 대함에 의례(儀禮) 모두 융성하니	禮待殊邦儀總盛
풍류 태사(太史)[3]가 응당 흥에 겨워하네	風流太史興應多

1 원습(原隰) : 언덕과 습지. 왕명을 받든 사신의 행로를 가리키는 시어(詩語)임. 『시경(詩經)』「소아(小雅)」〈황황자화(皇皇者華)〉에 "휘황한 꽃이여, 언덕과 습지에 피었도다. [皇皇者華, 于彼原隰.]"라는 말에서 유래하였다.

2 사모배(四牡騑) : 『시경』「소아」의 편명으로, 그 시에 "네 필의 말이 끝없이 달려가니, 큰길이 구불구불하도다. 어찌 돌아가길 생각지 않으랴만, 왕사를 소홀히 할 수 없기에, 내 마음 슬퍼하노라. [四牡騑騑, 周道倭遲. 豈不懷歸, 王事靡盬, 我心傷悲.]"라고 한 데서 온 말이다. 임금이 사신(使臣)을 불러 주연을 베풀면서 그 수고로움을 위로하는 시이다.

3 풍류태사(風流太史) : 사마천(司馬遷)이 견문을 넓히기 위해 많이 유람하는 것을 말한다. 사마천은 천성이 유람하기를 좋아하여 일찍이 남쪽으로 강수(江水)와 회수(淮水)를

사신 배는 은하(銀河)를 범한 박망후[4]와 같고　星槎同犯天河泛

뛰어난 학문은 월계수 잡아[5] 장원으로 급제했네　仙桂元攀月樹過

나라 안에 떨친 문장 영원히 아름다우리니　文章經國千秋美

그대가 성세(聖世)의 화락함 칭송함을 알겠네　知君聖世頌融和

류몬에게 화답하다

和劉龍門

추월

왕손의 패옥[6]에서 방울소리[7] 울려　王孫寶玦散鳴珂

이역 땅 천년의 유리 방랑을 노래하네　殊域千年瑣尾歌

봄바람 방초에 수심이 멀어지고　芳草春風愁色遠

유람하고 회계(會稽)로 올라가서 우혈을 보고 구의산(九疑山)을 보았으며, 북쪽으로는 문수(汶水)와 사수(泗水)를 건너 제(齊)와 노(魯) 지방을 거쳐 양(梁)과 초(楚) 지방까지 두루 유람하였다. 이때 천하의 대관(大觀)을 보고 호연지기를 길러 명문장가가 되었다고 한다. 『사기(史記)』 권130 〈태사공자서(太史公自序)〉

4 동범천하범(同犯天河泛) : 『한서(漢書)』 「장건전(張騫傳)」에 "한 나라 사신이 은하수까지 갔다. [漢使窮河源]"고 한 말이 있다.

5 선계(仙桂) : 계수나무 가지, 혹은 과거에 합격하여 공명(功名)을 떨침을 가리킨다. 현량대책(賢良對策)에서 장원을 한 극선(郤詵)에게 진 무제(晉武帝)가 소감을 묻자, 극선이 "계수나무 숲의 가지 하나를 꺾고, 곤륜산(崑崙山)의 옥돌 한 조각을 쥐었다. [猶桂林之一枝, 崑山之片玉.]"라고 답변하였는데, 섬궁 즉 월궁에 계수나무가 있다는 전설을 여기에 덧붙여서, 과거 급제를 '섬궁절계(蟾宮折桂)'로 비유하였다. 『진서(晉書)』 권52 〈극선열전(郤詵列傳)〉

6 보결(寶玦) : 당나라 안녹산(安祿山)의 난리에 두보(杜甫)가 지은 시 「애왕손(哀王孫)」에 "허리에는 옥패와 푸른 산호를 차고서, 가련하다 왕손이여, 길가에서 울고 섰네. [腰下寶玦青珊瑚, 可憐王孫泣路隅.]"라는 구절이 있다.

7 명가(鳴珂) : 귀인이 타는 말에 옥을 장식하여, 행차할 때면 쟁글쟁글 소리가 울렸던 것을 이른다. 귀인의 행차를 뜻하기도 한다.

밝은 달밤 두견새의 원성이 드높네 杜鵑明月怨聲多
어디가 범(凡)나라이고 어디가 초(楚)나라이랴[8] 아득히 먼 후손 誰凡誰楚仍雲杳
맑은 가문 영락하여 오랜 세월 지나왔네 爲庶爲淸浩刦過
박망(博望)[9]의 의관(衣冠) 옛과 같음에 놀라고 博望衣冠驚似舊
천지 간 한(漢) 조정의 화락함을 지금 보네 乾坤今見漢廷和

정사 서기 용연 성공께 드리다

呈正使書記龍淵成公

류몬

붕새 나는 봄 구름에 익수선(鷁首船)[10]이 떠오니 鵬際春雲鷁首船
비단 돛대 동쪽으로 해문(海門)의 안개 가리키네 錦帆東指海門煙
신선되기 구하였던 서복(徐福)을 좇다 보니 還從徐福求仙路

8 수범수초(誰凡誰楚) : 범초(凡楚)는 춘추시대 강대국인 초나라와 그의 속국인 범나라를 합칭한 말. 『장자(莊子)』「전자방(田子方)」에 "초왕(楚王)이 범군(凡君)과 함께 앉았을 때 초왕의 좌우에서 '범나라는 망한다.'고 말하자, 범군이 말하기를 '우리 범나라가 망한다 해도 내 자신의 존재를 잃는 것은 아니다. 그렇다면 초 나라가 존재하는 것도 결국 존재하는 것이 되지 못하니, 이것으로 본다면 범나라가 애당초 망한 것이 아니요 초나라도 애당초 존재한 것이 아니다.'고 했다. [楚王與凡君坐, 少焉, 楚王左右曰"凡亡"者三. 凡君曰: "凡之亡也, 不足以喪吾存. 夫凡之亡不足以喪吾存, 則楚之存不足以存存. 由是觀之, 則凡未始亡而楚未始存也.]" 한 데서 온 말이다. 존망(存亡)의 진리를 판정하기 어려움, 혹은 강자와 약자, 또는 온 세상의 뜻으로 쓰인다.

9 박망(博望) : 박망후(博望侯) 장건(張騫). 장건은 서역으로 사신 갔다가 대성공을 거둔 뒤에 돌아와 태중대부(太中大夫)가 되었고 뒤에 박망후에 봉해졌다.

10 익수(鷁首) : 익(鷁)이라는 물새의 형상을 선수(船首)에 그리거나 새긴 배. 익(鷁)이라는 새는 풍파를 잘 견디어 내므로 이 새로 장식하였다.

왕인(王仁)의 통신(通信) 때가 응당 떠오르네　　應憶王仁通信年
절역(絶域)이나 문(文)을 함께 하여 우공(禹貢)[11]을 나누고
絶域同文分禹貢
두 나라 우호를 닦으니 태평성대가 열렸구나　　兩邦脩好載堯天
정자산[12]의 호저 본떠 시를 지어 드리니　　裁詩擬贈公孫紵
화려한 그 명성 나에게 전해짐을 아끼지 마시오　　莫惜聲華向我傳

류몬에게 화답하다
和龍門

용연

산양(山陽)의 남겨진 황손(皇孫) 일동으로 배를 타고 왔으니
山陽遺種日東船
하늘 끝 상서로운 구름 몇 겁으로 자욱하네　　芒宙祥雲幾劫煙
방초 핀 강남은 이월의 봄이요　　芳草江南春二月
멀리 떠도는 나그네 천년 동안 달이 비춰주었네　　覊離遼外月千年
동문(同文)의 땅에서 우연히 시맹(詩盟)으로 화합하니 詩盟偶合同文地
대를 이어 전한 우호 별천(別天)에 띄우네　　世好相傳送別天
듣기에 류몬의 저술 많다 하니　　見說龍門多著述
한 편이라도 소중화에 전할 수 있기를　　一編須向小華傳

11 우공(禹貢) : 『서경(書經)』「하서(夏書)」의 편명. 중국을 구주(九州)로 나누고, 각 구역의 교통·지리 및 산물과 공부(貢賦)의 등급 등에 대한 내용이다.

12 공손(公孫) : 춘추시대 정(鄭)나라의 공손교(公孫僑)를 가리킨다. 공손교의 자는 자산(子産)으로, 흔히 정 자산(鄭子産)이라 불리었다.

부사 서기 현천 원공께 올리다
呈副使書記玄川元公

류몬

빈전(賓殿)에서 새롭게 한묵(翰墨)의 모임을 여니 賓殿新開翰墨林
사신 깃발 머무는 곳 오색구름 자욱하네 使旌留處綵雲積
장대한 유람은 장부(丈夫)[13]의 뜻에 맞고 壯游應報懸弧志
아름다운 모임 천리마에 붙어가려는 마음을 어여삐 여겨주네
嘉會偏憐附驥心
해외에서 신교(神交)하며 훌륭한 시로 보답해 주시니 海外神交酬雜佩
아름다운 시구 겸금(兼金)[14]과 나란하구나 篇中俊語比兼金
양춘곡(陽春曲)[15]에 화답하기 어려움은 당연하니 陽春不怪難相和
유치곡(流徵曲)의 높은 곡조 영객(郢客)의 노래[16]라네 流徵調高郢客吟

---

13 현호(懸弧) : 옛날에 아들을 낳으면 뽕나무 활을 문 왼쪽에 걸어서 활을 잘 쏘기를 기대했던 데서 온 말이다. 『예기(禮記)』「내측(內則)」에 "자식을 낳으면 남자일 경우는 문 왼쪽에 뽕나무 활을 걸고, 여자일 경우는 문 오른쪽에 수건을 건다. [子生, 男子設弧於門左, 女子設帨於門右.]"라고 하였다.

14 겸금(兼金) : 일반적인 금(金)보다 갑절의 가치가 있는 금.

15 양춘(陽春) : 전국시대 초나라 가곡인 〈양춘곡〉. 옛날 초나라의 가곡 중에 〈양춘〉과 〈백설(白雪)〉 두 가곡은 곡조가 매우 고상하여 화답하는 사람이 드물었다는 데서, 전하여 훌륭한 시가를 뜻한다.

16 영객음(郢客吟) : 영(郢)은 초(楚)나라의 수도로, 그곳에서 불리어진 양춘백설곡(陽春白雪曲)은 겨우 수십 명밖에 따라 부르지 못했다는 고사가 있다. 따라 부르기 힘든 상대방의 고아(高雅)한 노래를 뜻한다.

류몬에게 화답하다
和龍門

현천

아득히 먼 황손 상림(上林)[17]을 기억하니 華胄遙遙記上林
천년의 용자(龍子)가 세상[18]에 숨어 있네 千年龍子斗南深
중국의 일월(日月)이 사소한 싸움[19]에 휩싸였으니 中州日月歸蝸角
삼도(三島)의 안개 바람에 학의 마음을 부치네 三島風煙寄鶴心
뗏목을 타고 바다를 건넌 것은 승로옥(承露玉) 때문이 아니건만 桴海不緣承露玉
신선 될 단사(丹砂)를 그르쳤다 말하는 이 누구인가 成仙誰說誤砂金
범·초의 흥망에 상전벽해가 떠오르니 興亡凡楚桑田感
뛰어난 문조(文藻)는 맹자(猛子)의 노래라네 文藻依稀猛子吟

종사 서기 퇴석 김공께 올리다
呈從事書記退石金公

류몬

기자 나라의 선사(仙使)가 봉래를 향해 오니 箕邦仙使指蓬萊
빼어난 풍채 서기께서 붓을 들고 따라 왔네 書記翩翩載筆陪
위의 갖춘 봉황이 멀리 대궐 하직하고 떠나 威鳳遙辭金殿去

17 상림(上林) : 천자(天子)의 동산인 상림원(上林苑)을 가리킨다.
18 두남(斗南) : 북두칠성(北斗七星) 이남(以南)의 천지(天地). 곧, 온 천하(天下)를 이르는 말.
19 와각(蝸角) : 달팽이의 두 뿔 위에 만(蠻)과 촉(觸)의 두 나라가 있어 서로 다툼을 일컫는 것으로, 사소한 일로 다툼을 이른다.

붕새와 짝하여 아득한 바다 박차고 날아왔네 伴鵬且擊渤溟來
입신(立身)하여 빼어난 기량의 선비들을 압도하니 登龍爭御殊能士
뛰어난 문재(文才)[20]에 전대(專對)[21]의 재주 겸비했네 倚馬兼稱專對才
시낭 속에 새로운 글이 가득함을 알고 있으니 爲識囊中新賦滿
돌아갈 생각 관어대(觀魚臺)에 길게 걸어 두시길 歸心長掛觀魚臺

류몬에게 화답하다
和劉龍門

퇴석

쓸쓸한 나그네 마음으로 동래(東萊)를 바라보니 羈懷悄悄望東萊
서쪽 궁궐[22]로 돌아갈 날 그 언제일까 何日西歸紫蘙陪
깃발 나부끼며 매화나무 아래 행인이 앉았더니 懸旆行人梅下坐
시를 지어 빗속에 먼 손님이 오셨네 將詩遠客雨中來
가련하구나 영락한 왕손의 후예여 可憐落魄王孫裔
학문의 자질이 범상치 않구나 不是尋常學究才
부상(扶桑)의 바다에서 보낸 여생 지금까지 몇 대인지 桑海餘生今幾世
때때로 꿈에서 백량대[23]를 볼 뿐이네 祇應時夢栢梁臺

20 의마(倚馬) : 진(晉)나라 때 원호(袁虎)가 말 앞에 기대서서 즉시 일곱 장에 걸친 장문(長文)의 노포문(露布文)을 초한 고사에서 온 말로, 문재(文才)가 뛰어나서 글을 민첩하게 짓는 것을 의미한다. 『세설신어(世說新語)』

21 전대(專對) : 외국에 사신으로 나가서 독자적으로 응대하며 일을 잘 처리하는 것을 말한다. 『논어(論語)』「자로(子路)」에, "『시경』 삼백 편의 시를 아무리 잘 외운다 하더라도 사방에 사신으로 나가서 전대를 잘하지 못한다면 무슨 소용이 있겠는가? [誦詩三百, 使於四方, 不能專對, 雖多亦奚以爲?]"라고 공자가 말하였다.

22 자어(紫禦) : 궁궐을 달리 이르는 말. 본문에는 자연(紫蘙)으로 되어 있다.

석상의 남학사께 바치다
席上呈南學士

류몬

아스라이 누선(樓船)이 부상(扶桑)으로 건너올 때	樓船縹緲渡扶桑
붓을 꽂은 선랑(仙郎)이 옥당(玉堂)에서 나왔네	載筆仙郎出玉堂
천길 눈 속에서 부용(芙蓉)을 딴 줄 알겠으니	知摘芙蓉千仞雪
행낭 가득한 사부(詞賦)에 빛을 더하였네	照添詞賦滿行囊

다시 류몬에게 화답하다
重和龍門

추월

영락한 황손이 부상의 바다에 들어오니	龍種淪沉閱海桑
옷자락 끌며[24] 오후(五侯)[25]의 당(堂)에 오름을 부끄러워했지	曳裾羞上五侯堂
유안(劉安)의 문장 알아주는 이 없으니	劉安述作無人識
서화(書畵)를 실은 배[26]에 시낭 하나 보태리	書畵船中付一囊

---

23 백량대(柏梁臺) : 한 무제(漢武帝) 원봉(元封) 3년에 낙성한 대(臺). 무제는 백량대를 낙성하면서 이천석(二千石)의 신하들에게 칠언연구(七言聯句)의 시를 짓게 하였다.

24 예거(曳裾) : 옷자락을 끌고 다닌다는 뜻으로, 왕족이나 권세가의 집에 출입하며 빌붙어서 출세하는 것을 말한다. 한나라 추양(鄒陽)이 오왕(吳王)에게 보낸 글 가운데 "내가 고루한 나의 마음을 꾸미려고만 들었다면, 어떤 왕의 궁문인들 나의 긴 옷자락을 끌고 다닐 수가 없었겠는가. [飾固陋之心, 則何王之門, 不可曳長裾乎.]"라는 말에서 유래하였다. 『한서(漢書)』 권51 〈추양전(鄒陽傳)〉

25 오후(五侯) : 권귀(權貴) 호문(豪門)을 가리킨다. 한(漢)나라 성제(成帝) 때 왕씨(王氏) 다섯 사람이 동시에 제후로 봉해졌던 고사에서 유래하였다.

석상의 성서기께 바치다
席上呈成書記

류몬

화익선[27] 봄 물결 타고 봉영(蓬瀛)[28]으로 건너오니	春濤畫鷁渡蓬瀛
바다 밖에 서기의 명성이 먼저 전해졌네	海表先傳書記名
잠깐 만남에 어찌 알았으랴 약한 날개 잊고	傾蓋何知忘弱羽
훨훨 날아 봉새 난새와 짝하여 울 줄이야	翩翩且伴鳳鸞鳴

다시 류몬에게 화답하다
重和龍門

용연

금동선인(金銅仙人)[29] 동해 바다에 눈물을 흩뿌리고	銅仙餘淚灑東瀛
요구(瑤丘)의 단적(丹籍)에 부질없이 이름을 올렸네	丹籍瑤丘謾列名

26 서화선(書畫船) : 북송(北宋)의 서화가인 미불(米芾)이 항상 배에다 서화(書畫)를 싣고서 강호를 유람했던 '미가선(米家船)'의 고사에서 인신하여, 문인 학사들의 놀이배를 지칭한다.

27 화익(畫鷁) : 뱃머리에 그린 익(鷁)이란 새로, 백로와 비슷하다. 바람에 잘 견딘다고 하여 옛날에는 뱃머리에 그 모양을 새기거나 그려 놓았다.

28 봉영(蓬瀛) : 봉래(蓬萊)와 영주(瀛洲)의 병칭으로, 방장(方丈)과 함께 바다 가운데 있다고 전하는 삼신산(三神山)을 가리킨다.

29 동선여루(銅仙餘淚) : 동선(銅仙)은 한 무제(漢武帝)가 일찍이 건장궁(建章宮)에 건조(建造)해 놓은 금선 승로반(金仙承露盤)을 가리키는 것으로 '선인(仙人)이 손으로 쟁반을 받쳐 들고 감로(甘露)를 받는 형상'으로 주조한 기물(器物)이다. 위 명제(魏明帝) 경초(景初) 원년에 이를 위도(魏都)인 낙양(洛陽)으로 옮겼는데, 처음 이 승로반을 뜯어낼 때는 승로반이 절단되면서 굉음(轟音)이 10리 밖까지 들렸고, 승로반을 수레에 실을 적에는 금선(金仙)이 눈물을 줄줄 흘렸다는 고사가 있다. 이 고사를 두고 당(唐)나라 이하(李賀)가 일찍이 〈금동선인사한가(金銅仙人辭漢歌)〉를 지었었다.

고요한 밤 선루(禪樓)에서 옛일을 이야기하니　夜靜禪樓談故事
무리 잃은 기러기가 상림(上林)에서 우는 듯하네　斷鴻猶似上林鳴

석상의 원서기께 바치다
席上呈元書記

류몬

일본의 명검 용작환(龍雀環)[30]을　日本名刀龍雀環
차고 와 허리춤에서 풀어놓으려 하네　携來且欲脫腰間
새로운 시를 지어주심은 서로가 주고받는 뜻이니　新詩更擬相貽意
부디 바다와 산 지나며 그대 몸을 보호하시길　願護君身過海山

다시 류몬에게 화답하다
重和龍門

현천

연잎 옷[31]과 혜초 띠에 패옥을 둘렀으니　荷衣蕙帶玉爲環
청명한 푸른 바다 그림자 사이로 표표하구나　滄海澄明飄影間
홀연 붉은 기운 생생한 청사검(靑蛇劍)[32]을 보았으니　忽見靑蛇生紫氣

---

30 용작환(龍雀環) : 용작(龍雀)이 그려진 환도(環刀). 중국에 오래 전해지던 이름난 칼로서 대하용작(大夏龍雀) 또는 용작대환(龍雀大環)이라 불렀으며, 여러 가지 신비스런 기능을 발휘했다 한다. 『진서(晉書)』〈혁련발발재기(赫連勃勃載記)〉

31 하의(荷衣) : 연잎으로 만든 옷으로 은자(隱者)의 차림이다.

32 청사(靑蛇) : 여동빈(呂洞賓)의 보검(寶劍) 이름. 동빈은 8선(仙)의 하나로 불리는 당(唐)나라 여암(呂巖)의 자(字)인데, 자신에게는 3검(劍)이 있다고 하면서 각각 번뇌(煩惱)

밝은 달이 군산(君山)[33]을 비추어 헤아리네 月明料得下君山

석상의 김서기에게 올리다

席上呈金書記

류몬

푸른 도포 입고 책어(策語) 올려 사람을 탄복케 하더니 靑袍獻策語驚人
사신 명을 받들어 새로운 은총을 더하였네 奉使況看恩寵新
이역(異域) 화조(花鳥)의 흥취가 사랑스러워도 殊域縱憐花鳥興
그대 응당 위봉(威鳳)이 있는 전중(殿中)의 봄날을 생각하겠지요 應思威鳳殿中春

다시 류몬에게 화답하다

再和龍門

퇴석

사해의 만물과 만인은 모두 동포이니 四海同袍物與人
부평초의 사귐을 새롭다 말하지 마오 莫言萍水結交新
지금 아양곡[34]으로 함께 화합하나 今盞同和峨洋曲

와 탐진(貪嗔)과 색욕(色慾)을 끊는 것이라고 하였다.

33 군산(君山) : 군산은 동정호(洞庭湖) 입구에 있는 산으로, 일명 상산(湘山)이라고도 한다. 당나라 여동빈이 군산에서 신선 종리옹(鍾離翁)을 만났던 고사가 있다.

34 아양곡(峨洋曲) : 백아(伯牙)가 타고 종자기(鍾子期)가 들었다는 거문고의 곡조. 거문고의 명인인 백아가 높은 산[高山]을 연주하면 친구인 종자기가 "태산처럼 높고 높도다.

만리의 봄 내일이면 서로가 이별이네　明日相離萬里春

화산 조공께 두 수를 올리다
呈花山趙公二首

류몬

비단 돛배 동쪽으로 채색 구름 가를 향하니　錦帆東指綵雲隈
고관(高館)에서 새롭게 반가운 손님 맞이하네　高館新迎嘉客來
대국에 준수한 인재가 많다더니　共謂大邦多俊逸
붓을 휘둘러 그대 재주를 먼저 드러냈네　揮毫先已見君才

봉래(蓬萊)의 봄빛이 오색구름에 걸렸으니　蓬萊春色五雲懸
경쾌한 배 헤맴 없이 해 뜨는 곳에 닿았네　輕艦無迷日出邊
행낭 속에 사부(詞賦) 가득함을 알아　知是行囊詞賦滿
서로 만나 원유편(遠游篇)[35]으로 안부를 묻네　相逢爲問遠游篇

류몬의 두 수에 감사히 화답하다
和謝龍門二首

화산

황손께서 아득한 흰 물굽이 따라　華胄遙從白水隈

[峨峨兮若泰山]"라고 평하였고, 흐르는 물[流水]을 연주하면 "강하처럼 양양하도다. [洋洋兮若江河]"라고 평했다는 아양(峨洋)의 고사가 있다. 『열자(列子)』 「탕문(湯問)」

35 원유편(遠遊篇) : 굴원이 지은 『초사』의 편명으로, 조정에서 쫓겨나 세속과 인간의 유한함을 하찮게 여기며 호방하게 세상 밖에 노닐고픈 염원을 노래한 것이다.

바다 건너 일동(日東)으로 건너온 지 얼마인가	何年浮海日東來
황손이 상인(常人)과 다름을 알겠으니	定知龍種常人異
지금 그대의 뛰어난 재주를 보았네	今見夫君卓犖才

하늘에 뜬 해와 달을 만국이 함께 우러르니	萬國同瞻日月懸
청천(蜻川)이 멀리 해동 가에 있네	蜻川遙在海東邊
당시 박망후(博望侯)[36]가 뗏목 타고 지났던 길	當時博望乘槎路
시낭 속엔 시 백 수가 들었겠지	倘有囊詩一百篇

묵재 홍공께 바치다

呈默齋洪公

류몬

만리 사신 배 너른 바다의 파도를 헤치고	萬里仙槎大海濤
원행(遠行)의 수고로움도 마다치 않으셨네	□□不厭遠行勞
그대 시낭 속에 양춘곡 있음을 알고 있으니	知君橐裡陽春曲
부용의 백설과 응당 고아함을 다투리라	應鬪芙蓉白雪高

36 박망후(博望侯) : 흉노(匈奴)를 정벌하고 박망후에 봉해진 한(漢)나라 장건(張騫). 뒤에 대하(大夏)에 사신(使臣)으로 가서 황하(黃河)의 수원(水源)을 끝까지 탐사(探査)하였다고 한다.

류몬에게 화답하다

奉和龍門

묵재

박망후의 사신배 바다 물결 헤치며	博望星槎泛海濤
왕명 받든 만리길 감히 수고롭다 말하리	王程萬里敢言勞
류몬(龍門)의 세계(世系)에 비탄(悲嘆)이 복받치니	龍門世系多悲慨
금도(金刀)[37]의 조상이 한고조(漢高祖)임을 그 누가 알랴	誰識金刀祖漢高

운아 이공께 드리다

奉贈雲我李公

류몬

봄볕의 채색 붓이 주수(珠樹)[38]의 향기를 머금었으니	綵筆春含珠樹香
항차 선사(仙使)를 수행하여 휘황한 빛 지녔음에랴	況陪仙使帶輝光
아름드리 교목(喬木)이 옛 계림에서 나왔으니	楩楠舊出雞林地
뛰어난 재주 동량(棟梁)으로 쓰일 것을 알겠네	自識良材堪棟梁

37 금도(金刀) : 금도는 묘금도(卯金刀)의 준말로 '유(劉)'를 파자(破字)한 것이다.

38 주수(珠樹) : 잎이 모두 구슬로 되어 있다는 진귀한 나무 이름. 『산해경(山海經)』「해외남경(海外南經)」

류몬 유 선생에게 답하다
奉報龍門劉先生

운아

지란의 숲속 방에서 향기가 나니 芝蘭林裏室生香
까치는 알겠지 어디에서 온 야광주인지 鵲背何來抵夜光
짧은 이별 후엔 천년토록 세상 밖에 있으리니 小別千年天地外
동쪽의 무주(武州)를 바라보아도 바다에는 다리가 없네 武州東望海無梁

부채에 장난삼아 적어 류몬에게 드리다
戱題扇面贈龍門

추월

천년의 다툼은 터럭 한 올과 같으니 千載紛爭共一毛
가련한 신세는 양쪽에서 수고롭기만 하네 可憐身世兩徒勞
유황숙과 더불어 말할만한 이 없을 테니 無人說與劉皇叔
집 사고 밭 구할[39] 생각이 최고라네 問舍求田意最高

39 문사구전(問舍求田) : 삼국시대 위(魏)나라 진등(陳登)에게 국사(國士)의 명성을 지닌 허사(許汜)가 찾아왔다가, '집안일이나 묻고 전답이나 찾아다니는[問舍求田] 사람'이라면서 냉대를 받았던 고사에서 전해진 말로, 자기 일신상의 계책만 생각할 뿐, 국가의 대사에는 관심이 없음을 말한다. 『삼국지(三國志)』 권7 「위서(魏書)」 〈여포장홍전(呂布臧洪傳)〉

부채 머리에 써서 류몬에게 드리다
書扇頭贈龍門

용연

오랫동안 알던 사이도 아닌데	不是舊相識
어찌하여 이별이 이리도 아픈지	如何傷別離
내일 아침 푸른 바다 떠가면	明朝碧海上
고향이 하늘가에 있겠지	故國一天涯

부채에 시를 써 유문익(劉文翼)에게 드리다

자주(自註)에 말하길 아만(阿瞞)은 조조(曹操)를 가리킨다 하였다.

題便面與劉文翼 自註云阿瞞指曹操

묵재

원소는 조조의 세상을 피하여	遠逃阿瞞世
바다와 하늘의 고향으로 낙향했지	淪落海天鄕
그대의 세심한 마음에 감사하며	感慨君心事
시를 지어 정을 표하네	題詩更表情

부채에 써서 류몬공께 보이다
書扇示示劉龍門公

화산

함께 자리한 즐거운 만남	一席良晤
천리를 뛰어넘은 신교(神交)	千里神交
문장은 수놓은 비단을 펼친 듯하고	文鋪錦繡

우의(友誼)는 아교와 옻칠을 칠한 듯 굳건하네	誼結漆膠

남학사를 전송하다
奉送南學士

류몬

존귀하신 관인(官人)[40] 유자(儒者)	冠冕儒臣貴
문장으로 떨친 명성 오랫동안 자자했네	文章舊有名
채색 붓[41]으로 비단에 수 놓고자	綵毫裁錦綉
배를 띄워 봉영(蓬瀛)으로 건너왔네	艤艦渡蓬瀛
영원한 수호(修好) 위해 호저(縞苧)[42]를 드리고	贈縞千秋好
천리(天理)를 논하며 하루의 정(情)을 쌓았네	論天一日情
바라건대 내 이별의 슬픔	願吾離別怨
소금(素琴)[43] 가락에 실어 보낼 수 있기를	寄入素琴聲

40 관면(冠冕) : '관'은 관의 총칭, '면'은 대부(大夫) 이상이 쓰는 관. 곧 조정에서 벼슬하는 높은 벼슬아치를 일컬음.

41 채호(綵毫) : 양(梁)나라 때 문장가인 강엄(江淹)이 "야정(冶亭)에서 잠을 자는데, 곽박(郭璞)이라는 사람이 와서 말하기를, '내 붓이 그대에게 가 있은 지 여러 해이니, 이제는 나에게 돌려다오.' 하므로, 자기 품속에서 오색필(五色筆)을 꺼내어 그에게 돌려준 꿈을 꾸었는데, 그 후로는 좋은 시문을 전혀 짓지 못했다. [又嘗宿于冶亭, 夢一丈夫自称郭璞, 謂淹曰: '吾有筆在卿處多年, 可以見還.' 淹乃探怀中得五色筆一以授之. 爾后爲詩絶无美句, 時人謂之才盡.]"는 고사에서 온 말로, 전하여 뛰어난 문재(文才)를 의미한다. 『남사(南史)』 권59 〈강엄전(江淹傳)〉

42 호저(縞苧) : 친구 사이에 주고받는 선물. 오(吳)나라 계찰(季札)이 정(鄭)나라 자산(子産)에게 흰 비단 띠를 보내니, 자산이 또한 계찰에게 모시옷을 보낸 고사에서 유래하였다.

43 소금(素琴) : 줄이 없는 거문고. 『송서(宋書)』 권93 〈도잠열전(陶潛列傳)〉에 "도연명은 음률(音律)을 모르면서 소금(素琴) 하나를 집안에 두었는데, 줄이 없어 술기운이 얼큰하면 손으로 어루만져 뜻만 부쳤다." 하였다.

류몬에게 화답하다
和龍門

추월

귀한 왕손임을 이미 알고 있었으니	已識王孫貴
번거로이 성명을 물을 필요 없었네	無煩問姓名
문장은 서한(西漢)에 연원하나	文章追西漢
가세(家世)는 동쪽 바다에 영락했네	家世落東瀛
상자 속 시초(詩草)는 봄빛을 따르고	篋草隨春色
황화곡(皇華曲)[44]은 옛정을 일으키네	皇華起古情
하늘 가 객을 보내는 곳	天涯送客處
누각에는 줄기찬 빗소리만 가득하구나	樓閣雨連聲

성서기를 전송하다
奉送成書記

류몬

난새 봉새 날아와 선랑(仙郎)의 광채를 더하니	鸞鳳仙郎彩
문장이 진실로 출중하구나	詞章果出群
민첩한 재주는 양주부(楊主薄)[45]와 같고	敏才楊主薄

44 황화(皇華) : 『시경』「소아」의 편명인 〈황황자화(皇皇子華)〉의 약칭. 임금이 사신을 보낼 때에 부른 노래. 인신하여 사신으로 나가는 일이나 사신으로 가는 사람을 가리킨다.

45 양주부(楊主薄) : 삼국시대 조조(曹操)의 주부(主薄) 양수(楊脩). 동한(東漢)의 채옹(蔡邕)이 유명한 조아비(曹娥碑)에 '황견유부외손제구(黃絹幼婦外孫虀臼)'라고 써 두었는데, 양수가 이를 보고 파자(破字)하여 "황견은 '색이 있는 실[色絲]'이므로 절(絶)자가 되고 유부는 소녀(少女)이므로 묘(妙)자가 되고 외손은 '딸의 아들[女子]'이므로 호(好)자가 되고 절구[虀臼]는 '매운 것을 받아들이는[受辛]' 것이므로 사(辭)자가 된다. 따라서 '절묘

화려한 글은 포참군(鮑參軍)[46]과 같네	麗藻鮑參軍
청산(靑山)의 빗속에서 나그네 꿈을 꾸고	旅夢靑山雨
해 저문 노을녘에 고향을 그리네	鄕愁落日雲
말을 재촉하느라 잠시도 머물기 어려우니	征鞍難暫住
이별의 눈물 옷깃을 적시누나	別淚幾霑裙

류몬의 이별시에 거듭 화답하다
重和龍門別詩

용연

바다 밖 참된 황손	海外眞龍種
강남에서 학의 무리를 전송하네	江南送鶴群
글을 지은 지금의 태사는	著書今太史
서인(庶人)이 된 옛 장군이라네	爲庶古將軍
객을 떠나보낸 봄 물가에 비가 내리고	送客春洲雨
시 짓는 해질녘 사찰에는 구름이 자욱하네	題詩暮寺雲
왕손에겐 이별의 정한이 많으리니	王孫多別恨
향기로운 풀도 가시 옷[荊裙] 같겠지	芳草似荊裙

호사(絶妙好辭)' 즉 절묘한 좋은 글이란 뜻이 된다."고 풀이하였다.

46 포참군(鮑參軍) : 남조(南朝) 송(宋)의 시인으로 일찍이 임해왕(臨海王) 자욱(子頊)의 전군 참군(前軍參軍)이 되었던 포조(鮑照)를 가리킨다. 두보(杜甫)의 〈춘일억이백(春日憶李白)〉시에 "청신함은 유 개부의 시와 같고, 준일함은 포 참군의 시와 같네. [淸新庾開府, 俊逸鮑參軍.]"라고 하였다.

원서기를 전송하다
奉送元書記

류몬

고관(高館)에서 열린 친교의 자리	高館金蘭席
홀연히 돌아가는 손님 어찌 전송할까	如何忽送歸
복숭아 꽃이 떠나는 말을 따르니	桃花隨去馬
나그네 옷 풀빛으로 가득하구나	草色亂征衣
이역이라 말은 비록 달라도	殊域語雖異
동문(同文)이라 뜻은 다르지 않네	同文意不違
어여빼라 서해의 달	唯憐西海月
이별 후 맑은 빛을 함께 하리	別後共清輝

류몬에게 화답하다
和龍門

현천

먼 길 떠나는 나그네 새벽길을 재촉하니	遠客侵晨發
머나먼 길 햇살을 띠고 돌아가네	脩程帶日歸
산하가 바다와 육지로 나뉘니	山河分水陸
바람과 이슬이 의관에 젖어드네	風露透冠衣
붓 끝 아래 서로를 알아 우정을 맺으니	筆下交相識
시로 맺은 인연 굳고 견고하리	詩前契莫違
아련히 만나고 이별한 이 곳에	依依逢別處
외로운 달빛만 밝게 비추누나	孤月有明輝

김서기를 전송하다
奉送金書記

류몬

고당(高堂)에서 잠깐 만났지만	高堂傾蓋日
이별의 슬픔 어쩔 수 없구나	無奈別離愁
바다 위 배에서 여름 가는 것을 보니	航海看過夏
고향에 돌아가면 응당 가을이겠구려	歸鄕應及秋
각각의 하늘 세상을 달리함과 같으니	各天如隔世
물이 없어도 멀리 주(州)를 나누었네	無水遠分州
교린의 즐거움을 추억하고 싶다면	若憶交歡事
그대 새벽녘 떠오르는 해를 보시길	君看曉日浮

류몬에게 화답하다
和龍門

퇴석

부슬부슬 가랑비에 어둠이 내리고	細雨濛濛暗
가물가물 외로운 등불에 시름이 깊어가네	孤燈耿耿愁
안개 자욱한 대숲 꿈처럼 몽롱하고	煙篁迷似夢
귀밑 백발 바람에 날리니 가을인 듯하구나	霜鬢颯如秋
이별의 정한(情恨)에 왕손초[47] 푸르니	別恨王孫草

47 왕손초(王孫草) : 궁궁이[蘼蕪]의 별칭. 멀리 떠난 사람에 대한 그리움이나 이별 뒤의 애수(哀愁), 혹은 고향 땅을 떠난 사람의 수심을 불러일으키는 정경을 표현할 때 쓰는 말로, 한(漢)나라 회남(淮南) 소산(小山)의 〈초은사(招隱士)〉에, “왕손이 떠나가 돌아오지 않음이여. 봄 풀은 자라서 무성하구나. [王孫游兮不歸, 春草生兮萋萋.]” 한 데서 유래

돌아가는 길은 쓰시마를 향하네 歸程馬島州
이별이 멀다 마오 莫言分手遠
천지 간 인생은 덧없는 것이라오 天地此生浮

조화산을 전송하다
奉送趙花山

류몬

청포를 입고 먼 길 사신 뒤따르니 青袍從遠使
그대 홀로 풍류를 보았네 君獨見風流
법도를 함께 하는 모임이며 一軌同文會
나라가 다른 이들의 짧은 만남이네 殊邦傾蓋游
고사리를 캐며[48] 절기를 체감하고 采薇應感節
회를 생각하니[49] 가을까지 기다릴 필요 없네 懷膾不須秋
이별 후 거친 파도를 사이에 두었으니 別後重濤隔
편지가 있다 한들 어느 곳에 화답하랴 音書何處酬

하였다.

48 채미(采薇) : 『시경』 「소아」의 편명으로, 수자리 보낸 사졸(士卒)들을 생각하며 읊은 노래이다. 그 중에 "고사리 캐세 고사리 캐세, 고사리도 연하게 자라났나니. 돌아들 가세 돌아들 가세, 이해도 장차 저물려 하니. [采薇采薇, 薇亦作止. 曰歸曰歸, 歲亦莫止.]"라는 내용이 나온다.

49 회회(懷膾) : 진(晉)나라 장한(張翰)이 가을바람이 불어오는 것을 보고는 고향의 순채국과 농어회[蓴羹鱸膾]가 생각이 나서 곧장 사직하고 귀향했다는 고사가 있다. 『진서(晉書)』 권92 〈문원열전(文苑列傳)〉 장한(張翰)

류몬의 송별시에 화답하다
奉和龍門送別韻

화산

일역(日域)에 이름난 문사가 많으나	日域多名士
그대를 으뜸으로 치겠네	推君第一流
지팡이를 끌고 먼 길 떠나온 객을 찾아와	投笻訪遠客
촛불 심지 자르며 청유(淸遊)를 즐겼네	剪燭做淸遊
깊은 밤 꽃 사이로 달이 떠오르고	後夜花間月
해가 바뀐 바다 위엔 가을이 깊어가네	他年海上秋
서로에 대한 그리움 끝이 없으니	相思定無限
아름다운 시로 서로 화답하네	瓊韻且相酬

부채에 써서 운아 이공을 전송하다
題扇面奉送雲我李公

류몬

나그네 서로 우연히 만났는데	萍水偶相逢
만나자 바로 이별일세	相逢忽離別
그대의 사부(詞賦)에 빛을 더하고자	添君詞賦光
눈 쌓인 부용꽃을 따서 보내리	摘贈芙蓉雪

묵재 홍공을 함께 전송하다
同奉送默齋洪公

같음

샛별이 사신의 수레를 뒤좇으니	晨星隨使駕
닻을 올려 봉호(蓬壺)[50]를 뒤로 하네	解纜辭蓬壺
꾸려 놓은 행장 속에	爲識治裝槖
어안주(魚眼珠)를 지녔음을 알겠도다	應携魚眼珠

이(李)·홍(洪) 두 사람의 화답시가 있는데, 때마침 객관이 특히 심하게 소란하였다. 옆에서 참관하는 속인들이 한인들의 글씨를 금옥처럼 여겨 서로 빼앗아가려 하였다.

『동사여담』 부록 끝.

50 봉호(蓬壺) : 동해 바다 가운데 신선이 살고 불사약이 있다는 삼신산(三神山)이 있음. 삼신산은 영주산(瀛洲山)·봉래산(蓬萊山)·방장산(方丈山)으로 봉래산을 봉호(蓬壺)라고도 함. 『한서(漢書)』「교사지(郊祀志)」

東槎餘談

東槎餘談序

《東槎餘談》, 劉文翼見韓學士書記于賓館, 所唱酬詩, 所筆授語也. 彼學士書記, 雖一宿, 無不載筆城墨, 張陣角逐, 則萬里之夐, 經年之久, 所過諸侯王之國, 縮紳何限? 至館緝成冊, 不可指數, 亦其理也. 然至於遇人而有難有易, 何也? 方館舍之紛紛擾擾, 不暇擇辭間致不雅馴. 卽其雅馴, 比之正始之音, 而次序之不便綴緝, 則或近院本之流. 若是則豈不難于起筆哉? 文翼固慷慨尙氣, 以古文辭鳴于一世, 則易其難者也. 輕薄少年, 相佞相阿, 私席間虛辭, 而矜不知者, 則豈不易于爲言哉? 文翼固不假彼爲己之重, 欲見絶國之人, 問其俗, 聞其風, 則難其易者也. 凡操觚者, 有馳名于時, 一接見, 人情爲然, 況彼絶國之人, 而應專對之選者乎? 間有不欲見之者, 非人情也. 閱此卷一再見之之後, 動焱逢焱別之感, 含悽出自發憤別服, 如泣下不禁者, 文翼之性爲然. 然其業之輕重, 不關此卷固然, 則所唱易其難, 難其易者乎?

明和甲申秋, 太寶井孝德撰.

韓之不抗我也久矣. 神后則邈, 豐王一擧, 殆爲丘墟. 神祖仁聖, 偃武善憐, 以安二國之民. 於是乎寒盟復尋, 聘使寔通, 乃操毫簡以代干戈, 摛詞藻而易擊刺. 彼內屬中國, 自視猶華, 蓋莫不謂龍鬪虎爭, 搴旗執馘, 武人所能屬事, 比辭緐文綺合我, 則有過焉. 然羅山子折衡經死, 白石氏鏖衆翰林, 其餘英士俊民賈餘勇者, 世不乏其人也. 且夫文明百年, 鉅儒輩出, 載籍悉備, 詩書之敎, 禮樂之化, 有以自足, 無求於外. 蕞爾韓土, 安能較我? 夷考彼此, 取以爲徵.

今玆仲春, 韓使來聘, 遵舊典也. 吾徒草莽之民, 不得與觀享禮之盛, 竊及私覿, 論難詰問, 詘彼倍此, 非國家所以重賓之意, 固不可爲也. 亦唯詩以言志, 筆以爲舌, 雅言淸談而已, 何以嘗吾枝也? 雖然親聽其語, 縱觀其貌, 亦足以廣耳目矣. 余與劉君龍門同見韓客, 劉君所唱酬若干篇, 不屑傳之人, 葉束机上, 門人自傍私之錄以秘于帳中, 外人探而求者, 不數人而絶. 是以懇請梓之, 以息騰寫之煩.

劉君不得不聽, 遂使余叙其曰. 劉君之文, 高名于世, 集旣盛行, 則此僅者, 固不足道也. 若乃輝華胄於絶域, 接同姓于異壤, 所謂事之奇者, 則傳諸詩世, 何不可之有? 門生之請, 不亦宜乎!

明和元年, 甲申七月, 宮田明叙.

明和元年甲申之歲春二月, 朝鮮國信使來聘. 其所過之邦, 學士大夫搢紳先生苟挾筴操觚者, 各摛其藻而唱酬焉, 蓋舊例也. 於是東都諸文學舐筆待之, 吾黨少子嬉嬉, 欲驗其奇者何限. 諸子皆將養勸之, 余笑曰, 諸子大抵宿搆其藁, 以誇國有人矣. 且預持難答者試之, 至彼不置對, 則傲然謂韓人大慹矣. 又有一試其所蓄, 得片語褒賞, 則以爲終身之榮者, 多忿呶爭訟乃止. 乃韓人大賓於余, 若我禮何. 況延享之聘, 客氣未消, 徵末技於彼, 彼取其糠粃而簸颺焉. 一發問, 則彼遷延避其鋒, 且遁辭汎應, 不暇眠食矣. 又稱有幹事進使館而去. 余懲其若是, 則謂豈足以强弩試微獸乎? 寧不得已. 吾安能傚白面少年之伎倆耶?

既而韓使入都, 文藝之士皆若狂, 吾未知其樂也. 初大洲大夫龍岡君從余而學且相善, 時疾爲客館使. 大夫隨而在館, 於是携豚犬如璋問寒暄. 輒過客館, 縱觀諸僚房, 與小童下僚戱語調笑. 彼神領意得, 頗有操我語者, 不假舌譯, 言談數刻, 及暮而還, 猶未有與彼唱和意也.

偶吾友宮子亮與諸學士會, 携其稿來訪. 余讀之, 則知視諸延享諸學士者天壤矣. 卽子亮談其事者, 呢呢不止. 於是少年故態復發, 技癢弗已. 又因龍岡君遊客館, 且有知對馬裁判官紀伯麟者, 因告之. 伯麟呼譯人隨余, 導到學士三書記房. 譯人諭之, 各相揖而竟. 余投名刺, 率爾賦詩而贈焉. 諸學士各白袷黑鬃巾, 坐皮褥.

秋月短小, 黔而侈口, 多髭頰, 目光奕奕傍射, 風神豪儁, 頗似淩傲人者也. 龍淵綠鬢白皙, 佼而婉, 無鬚髯, 形神俊邁, 善言笑, 令人想衛洗馬矣. 玄川玉立秀雅, 少髯銳面, 瀟灑可敬. 退石豐下黑面, 圓眼多髯, 恂恂如鄙人, 黽勉應酬. 要之, 則秋月、龍淵風流而雅, 玄川、退石往往露頭巾氣象, 宛然有道學先生之風也. 華山方面少鬚, 體貌魁梧, 溫厚有儒士之情態. 默齋姿貌鴻大, 敦面少髯. 磊落不羈, 驄笠戰服, 揭膺闊步. 望之甚偉, 請書者圍繞. 應需揮染, 不少拒之, 大要賦詩贈焉. 頃刻所就數十首, 俊逸可愛矣. 雲我儁容少年, 無鬚髯. 言笑可愛, 穎悟發眉宇間. 其所吐納, 非宅瑣瑣比也. 志古文辭, 崇尙王、李, 則謂學士書記, 俗人不足取焉. 復齋儀貌整嚴, 雖軍官服樣, 令人畏敬焉. 其他諸子, 溫厚文弱, 無圭角發言貌也.

夫韓人文學雖天性, 豈無淑[1]慝之異乎? 吾不論之. 若其章服傚明制之遺, 勝胡 淸之俗者萬萬矣. 故吾不於其學術詞章論之. 衣冠文物, 吾

1 본문에는 '婌'으로 되어 있으나 의미상 '淑'으로 고친다.

深有取焉. 夫延享從聘諸學士, 逡巡避我筆鋒者, 抑有故也. 彼爲以我有尙武之俗, 則謂我視文事若弁髦矣, 而不戒愼, 不覺取敗焉. 今番韓人, 豈無所艾耶? 今也文敎大闡, 五尺童子苟操觚者, 非昔日阿蒙也. 古者柳世龍於武事有所懲毖焉, 今亦韓人於文事有所懲毖焉. 延享之聘, 擇成均之才從文事. 今所來之學士, 或縣監, 或察訪, 成均進士, 退石一人耳. 要擇八道之才, 此其證也. 東郭以來, 始有秋月, 此非特賞韓人, 亦爲吾邦文士吐氣矣. 近者有以韓人之詩比瓦石者, 此吾所謂糠粃簸颺而汎應者也. 吾試誦諸子所唱酬, 盡瓦礫也, 非沙汰之, 則不當風雅之觀矣. 唯贈吾黨詩可諷誦者多, 亦似留意於此也. 然則韓人姸媸, 要在和者. 吾幸生不諱之世, 數得與異方人接, 得席上筆話者數十紙, 記以傳者, 好事士云爾.

時明和元年, 甲申之歲, 夏六月, 南紀 劉維翰, 書諸卷首.

日本

劉維翰, 字文翼, 號龍門, 南紀人, 己亥生, 年四十六.

朝鮮

南玉, 字時韞, 號秋月, 製述官, 前潔城太守, 壬寅生 年四十三.

成大中. 字士執, 號龍淵, 昌寧人, 正使書記, 前銀溪察訪, 壬子生, 年三十三.

元仲擧. 字子才, 號玄川, 原城人, 副使書記, 前長興庫奉事, 己亥生, 年四十六.

金仁謙. 字士安, 號退石, 安東人, 從事官書記, 成均進士, 丁亥生, 年五十九.

吳大齡. 字大年, 號長滸, 海州人, 上判事漢學上通事, 前司譯院僉知, 辛巳生, 年六十三.

李命知. 字聖欽, 號松潭, 又號碧霞, 金山人, 次上通事, 前司譯院副奉事, 戊申生, 年三十九.

劉道弘. 字士行, 號水軒, 淸州人, 押物判事, 前司譯院僉正, 戊戌生, 年四十七.

李彦鎭. 字虞裳, 號曇寰, 或雲我, 雞林人, 押物判事, 前司譯院漢學主簿, 庚申生, 年二十五.

趙東觀. 字聖賓, 號華山齋, 或華川, 豐壤人, 通德郎, 爲正使叔父, 爲觀國來, 年五十四.

金應錫. 字奎伯, 號復齋, 前月松萬戶, 副使伴人, 年五十.

洪善輔. 字聖左, 號默齋, 通德郎, 從事官伴人, 年五十三.

南斗旻. 字天章, 號舟崖, 英陽人, 前典醫監生, 乙巳生, 年四十.

金有聲. 字仲玉, 號西巖, 金海人, 畫員, 前文城僉使, 乙巳生, 年四十.

製述官, 前潔城太守, 從四品, 南玉, 字時韞, 號秋月, 宜寧人, 壬寅生, 四十三齡.

南玉. 字時韞, 號秋月, 製述官, 前潔城太守, 壬寅生, 年四十三.

正使書記, 前銀溪察訪, 從六品, 成大中, 字士執, 號龍淵 昌山, 昌寧人, 壬子生, 三十三齡.

副使書記, 前長興庫奉事, 從八品, 元仲擧, 字子才, 號玄川, 原城人, 己亥生, 四十六齡.

元仲擧. 字子才, 號玄川, 原城人, 副使書記, 前長興庫奉事, 己亥生, 年四十六.

從事書記, 成均進士, 金仁謙, 字士安, 號退石, 安東人, 丁亥生, 五十九齡.

上判事, 前司譯院僉生, 漢學上通事, 從四品, 吳大齡, 字大年, 號長湉, 海州人, 辛巳生, 六十四齡.

次上判事, 前司譯院僉正, 從四品, 李聖欽, 名命知, 號松潭, 又號碧霞, 金山人, 戊申生, 三十六齡.

押物判事, 前司譯院僉正, 從四品, 劉道弘, 字士行, 號水軒, 淸州人, 戊戌生, 四十七齡.

押物判事, 前漢學主簿, 從六品, 李彦瑱, 字虞裳, 號曇寰, 或雲我, 或誕登子, 雞林人, 庚申生, 二十五.

正使伴人, 通德郎, 正五品, 趙東觀, 字聖賔, 號花山, 或花川, 辛卯生, 五十四齡, 豐壤人, 爲正使叔父, 爲觀國來.

副使官伴人, 通德郎, 正五品, 洪善輔, 字聖佐, 號默齋, 壬辰生, 五十三齡.

副使伴人, 前月松萬戶, 從四品, 金應錫, 字圭伯, 號復齋, 乙未生, 五十齡.

畫官, 前文城僉使, 金有聲, 字仲玉, 號西巖, 金海人, 乙巳生, 四十齡.

醫員, 前典醫監正[2], 副司勇, 從九品, 南斗旻, 字天章, 號舟崖, 英陽人, 乙巳生, 四十齡.

通引小童, 給仕官人房.

奴僕, 各結其主.

官人十三員幷小童奴僕, 各寫其眞, 爲好事遺之.

2 본문에는 '生'으로 되어 있으나 '正'으로 수정함.

《東槎餘談 卷上》

南紀 劉維翰 文翼 輯

筆談

明和元年甲申之年二月, 朝鮮國信使來聘. 於是三月四日, 因大洲大夫滕成章字子文者, 到客館, 同七日, 請對馬裁判官紀國瑞字伯麟者, 謁學士三書記.

名刺

僕姓劉, 名維翰, 字文翼, 號龍門, 南紀人, 年四十六. 僕祖爲東漢 獻帝之孫, 及魏受禪曹丕廢帝孫, 於是吾祖當吾應神天皇之朝, 航海歸化. 此時桓、靈二帝之孫, 相續而來, 吾邦漢室之裔, 於是居多, 僕其一也. 天皇賜僕祖以近江國石鹿郡, 後世爲志賀郡者爲采地, 是爲石鹿 劉氏. 子孫緜緜, 世仕天朝, 有爵祿. 暨皇網頹弛, 兵革屢起, 遂失封爵, 於今爲庶. 僕幼志學, 壯而遊東都. 辭藩侯之聘, 棲遲衡門, 教授爲業.

龍門曰, 使軺萬福, 玆及此都, 爲諸君賀之. 僕聞諸君之東, 卽欲執名刺趨館下, 以接光儀也. 國有法憲, 不能攀高館矣. 僕與加藤侯藩大夫加藤龍岡者, 有舊也, 偶過其舍, 問於寒暄, 且有識對馬 紀伯麟也, 故得咫尺公等, 以慰夙志矣, 則幸甚.

又曰, 僕爲諸君, 可賦《野有蔓草》也. 僕曾大父仕于紀藩, 從侯述職, 在于東都, 與貴國學士翠虛 成先生相會, 以筆換舌. 僕在戊辰之年, 與矩軒 朴君、濟庵、海皐 李二君結海外之交, 今復與諸君邂逅, 實適余願矣, 可謂世續芳躅也. 朴、李三君無恙否? 歸國則煩諸君達鄙意.

秋月曰, 龍淵、翠虛翁從曾孫. 朴、李三君並無恙, 歸當致盛意.

龍門曰, 與翠虛君從曾孫, 復結千里神交, 甚奇緣.

龍淵曰, 萬里論交, 已極慰幸, 而況重之以世好乎? 此夜淸讌, 儘一奇事.

龍門曰, 不佞菲劣, 大業艱苦. 唯是吾黨, 妄推薄技, 門人强刻拙稿, 遺臭千秋. 初稿六卷, 二稿詩部三卷, 謹呈案下, 幸携歸傳之大邦也. 文部三卷, 旣附剞劂, 未竟其工, 不得呈之, 以爲遺憾矣. 外拙文自寫呈之. 男兒輕離別, 此別則不然, 殊域異壤, 再會無期. 別後拙稿不棄擲, 則幸賜遙念.

玄川曰, 高韻當和奉, 而盛稿僕輩多撓, 又方治任將歸, 未暇覽, 携歸而仰高風, 恕之.

秋月曰, 新知生別, 昔人所悲, 然盛作携歸, 可以時時想見.

金峰卽宮子亮先在坐曰, 龍門富著述, 與余善.

秋月曰, 龍門著述, 名下無虛士. 余來日東, 見詩多矣, 未易得龍門之韻. 佳佳佳佳.

龍門曰, 余雖漢室之裔, 於今爲庶, 餬口束脩, 瑣尾不足言. 吾祖若不播遷, 則余生長中土, 或科試取第, 章服嚴然若公等矣. 然今生于日域, 不用淸人之章服, 幸免辮髮左衽之俗也. 維翰雖亡國之餘, 獨所欣悅.

龍淵曰, 神州流涕, 志士同之, 弊邦獨全衣冠. 龍門思漢之淚, 當不自禁.

龍門曰, 對君語, 感念前世, 殆欲歔欷.

玄川曰, 伊川被髮, 千古傷懷.

龍門曰, 弊邦聲樂有二部, 又有神樂風謠. 一爲隋、唐遺音, 是吾先王遣使隋、唐而所傳來, 實爲三代之遺也. 一爲高麗之遺譜, 卽是貴邦之樂, 余頗有聲樂之好也. 高麗部所用之笛, 携來供玩, 與貴國行中之笛, 不相似.

龍淵曰, 誰人物耶?

龍門曰, 從伶官借來.

龍淵曰, 與我邦笛不相似, 君能弄之耶?

龍門曰, 我所弄者, 隋、唐部之笛, 比之大也. 高麗遺譜, 繁手精巧, 未傳之.

龍門曰, 貴國樂中有嵇琴, 若得觀此物耶?

龍淵曰, 在樂工所, 夜深難取來, 無如何.

龍門曰, 弊邦貴國之遺種, 多有百濟、高麗、新羅三氏, 多爲伶官也.

秋月曰, 三國子孫, 頗有存者云, 然渠輩豈知首丘之悲乎?

龍門曰, 三國子孫, 在吾先王之世, 爲搢紳者不少焉. 其族姓在諸蕃部, 萬多王之所錄可見也. 新羅之裔, 今爲藩侯者, 稱山口氏, 則周防國舊封之名, 大內氏多多羅氏, 共新羅之裔也.

余讀《懲毖錄》, 有此邦人留貴國者, 其種今存否?

秋月曰, 應亦有之, 然編戶之賤, 何以知之?

龍門曰,《東國通鑑》五十七卷, 上始檀君, 下盡高麗. 曾聞徐文忠公等, 新脩補定, 上箋以進. 然則貴國之乘也. 且聞此書亡貴國, 獨存弊邦, 不知然否? 是萬曆壬辰之役, 搶奪之物也. 水戶 義公刊之布世, 國有禁, 吾力不能贈之, 爲恨矣.

秋月曰,《東國通鑑》, 吾邦有之, 貴邦之流傳, 想是兵間搶奪之本, 而弊國既有之, 何必更得見異方本乎?

龍門曰, 然則弊邦傳說之誤也.

又曰, 諸君所經過諸邦, 苟志操觚者, 孰不延頸佇立, 淬礪筆鋒者, 長路僊頓加旃, 應酬無暇, 方知殆廢寢食. 少年輩, 啗名士, 若蟻慕羶肉. 然公等議論若涌, 鳴毫激電, 神氣益壯, 不見疲困, 孰不避光焔也?

退石曰, 荷眷至此, 何感如之! 厚蒙感褒, 羞愧欲死.

玄川曰, 夜深將別, 悵悵.

龍門曰, 取細刀二握, 西京製便面二柄, 各贈之.

秋月曰, 雖一物不欲領之, 敢辭.

龍門曰, 諸君有破廉之嫌乎? 不腆之儀, 豈足辭之. 聊以爲贐, 幸納.

秋月笑頷, 卽呼小童金龍澤, 使捧筆墨以報.

三書記自探筐中筆墨而報.

龍門曰, 木桃之贈, 報以瑷瑤, 何以謝之? 他日文房玩之, 不忘諸君之交誼也.

龍淵曰, 鄭紵吳縞, 禮尙往來, 足下何庸謝爲? 薄物只覺慚悚.

玄川自執朝鮮紙扇子, 贈之.

秋月、龍淵題詩便面, 贈之.

龍門曰, 輒當奉揚二君高風也.

龍門持扇請書於玄川、退石.

退石曰, 筆拙敢辭.

龍門曰, 豈論巧拙, 可代他日之音容也.

退石曰, 他日替面之次, 則一詩足矣. 便面之題, 斷不可書.

玄川曰, 手拙眼昏, 所書愧拙劣.

龍門曰, 何關巧拙, 他日藏筐笥, 永以爲珍矣.

玄川題二絶於扇頭, 爲印朱不乾, 披而置座右, 旁觀無賴之徒, 抄取而去.

玄川曰, 惡少年誠可惡也, 尙有詩章, 可以當百年面.

龍門曰, 夜深妨寢, 僕將辭去.

秋月曰, 僕輩豈不欲與奇士竟夜? 臨歸自多治任之擾, 不能久久相留, 別思令人黯然.

龍淵曰, 良夜之穩未了, 異域之別, 遂成悵悵. 何可言! 於是相揖而去.

嚮余屬龍岡, 贈詩趙聖賓, 此日華山示龍岡曰, 僕聞龍門來, 欽遲久之, 不知在學士之許否? 請見其人達吾意.

華山曰, 龍門已去耶, 有客不出見, 恨恨.

龍岡曰, 猶在製述官之所, 君可往見, 此人文章有別才.

華山曰, 製述官之房甚紛擾, 又夜深, 明日可見則好矣.

龍岡曰, 以君言傳龍門, 卽來訪耳.

華山曰, 君與龍門, 有故耶?

龍岡曰, 龍門, 吾師也.

華山曰, 然則達鄙意而可也.

余聞華山在畵員西巖房, 來見之.

華山曰, 足下未見面而投詩, 已極多感, 而又聞帝室華胄, 流落海外, 而不失文墨之業, 尤可嘉歎.

龍門曰, 蒙褒賞, 多荷多荷! 初見足下題《富嶽詩》, 已是異尋常韓人之撰也, 欽慕實甚. 今日邂逅, 適我願矣.

華山曰, 富嶽拙詩, 何處見之?

龍門曰, 驛路供公鞍馬者, 持來示之.

華山曰, 偶爾草率之得, 至經高眼, 可愧可愧! 古人有以一字定交者, 今足下委問委諭, 豈尋常酬唱客之比乎? 留此已久, 散行不遠, 深恨相見之晚也.

龍門曰, 雖鄙衷亦然, 深辱知己之言. 海外交誼, 何時忘之?

華山曰, 前書俯問姓號及來此職名, 而未及對. 不佞姓趙, 名聖賓, 本無自號, 而居在花山, 故人稱花山子. 今行以正使族姪隨來, 而自以儒士, 不欲托名於員役之列, 故無官職名色矣.

龍門曰, 僕所著稿刻本, 拙文若干, 呈之諸學士, 他日借覽之, 則幸甚.

華山曰, 他日借覽, 深所願也.

龍門曰, 若有暇, 則爲僕題一言, 托之龍岡.

華山曰, 歸日甚窄, 然觀勢奉副.

龍門曰, 君齡幾許? 令胤幾位在?

華山曰, 無用之齒, 今已五十有四. 有二子不育, 只有一二弱女矣.

龍門曰, 掌珠毁傷, 眞可痛悼. 僕有二男二女, 一男眞豚犬, 一兒覓梨棗耳.

華山曰, 公有兩珠, 可謂福人也. 吾行中亦有姓劉者數人, 必是公之同源也. 劉姓海內外, 無他族云矣.

龍門曰, 想其祖, 自華入貴邦者.

華山曰, 然夜深難招其人, 不然則令公結同派之好.

龍門曰, 僕雖系帝室, 於今爲庶, 餬妻孥於講誦之中, 貧賤同編戶之氓, 常惕惻恐辱祖. 今玆受盛問, 頭面赧然. 流落之裔, 何面目則對同姓人也? 況生長斯土, 衣裳隨邦俗矣. 雖才學兼備, 試第無路, 棲棲老村, 學究之列也. 只慚頂髮開塘, 項髮纔堪一簪, 豈與淸人辮髮有辨乎? 堂堂先王禮樂之邦, 吾祖所出, 然如此矣, 吾亦何言? 吾幸生長日東, 不混胡俗, 此竊所喜也.

華山曰, 具悉示意, 令人有愴恨之思.

龍門曰, 萬國之中, 常用冠服者, 貴邦與琉球耳.

華山曰, 弊邦至今, 雖不失章服, 未免臣清, 是烈士激烈, 所以慷慨. 華山笑示之, 而分裂所書.

龍門曰, 吾邦僻於東海中崛起, 不稱藩於異國. 天朝文物制度, 至今不墜地, 正朔布海內, 人皇之祚, 與天無限, 三公九卿, 百官有司, 世祿續職. 自古武臣驍勇犯順者, 屈膝稱臣, 視之若神, 是非萬國所及也. 宋太宗嗟嘆, 吾僧奝然之言, 則不宜乎? 僕雖中土遺種, 是深所畏敬矣.

華山曰, 誠然.

龍門曰, 奴兒罕部, 是清之所起, 知與貴邦接壤, 遠近邦俗如何?

華山曰, 此等酬酢無益, 而徒增感慨. 請做他閑話.

龍門曰, 座中金峯與余所善之人.

華山曰, 僕亦知之.

龍門曰, 曾聞仁齋、徂徠之著書, 傳貴邦何如?

華山曰, 弊邦無傳來之事. 今番渡海, 始聞貴國崇奉爲賢人, 而但其學術非正路, 攻斥程、朱, 而左祖於王陽明、陸象山之論云. 學術若不正, 則文章雖錦繡, 何取? 弊邦專尙濂、洛之學, 見異端牴斥之.

龍門曰, 仁齋、徂徠, 非左祖陽明、象山者也. 各有所見, 別立門戶矣. 其學術, 見所著之書, 今不具悉焉. 吾邦儒者, 有崇尙二家者, 有尊重程、朱者, 爲王、陸學者甚少. 天朝搢紳君子, 至今從漢、唐經義, 是貴國王仁携五經來, 始闡儒道之餘敎也. 其後擇俊秀者, 西學于中土, 如晁衡身仕秘書省, 與王維、李白周旋, 晁衡之詩, 見《文苑英華》, 作朝衡是也. 其他學于中土者, 不暇枚擧也. 若濂、洛之學, 其所行不過二百年耳, 今也所學, 以人異矣. 如諸家之說, 則非頃刻可論也. 故不具悉, 要讀其書, 則可見也.

華山曰, 未歸前, 可復更奉乎? 然則幸甚.

龍門曰, 固所願也. 必不誤再來之約.

又曰, 所呈拙詩, 高和成否?

華山曰, 謹當和足, 而蕪拙預愧, 則明日俟隙, 送付龍岡所.

龍門曰, 然則他日裝之爲家珍, 慰西望相思之情.

華山曰, 甚可恥.

龍門曰, 貴邦有虎? 弊邦無之, 故畵之者, 所謂想象, 不免類狗之譏也. 今觀畵君之圖, 則其形樣可想, 實沉勇可怖者. 貴邦遭虎災者多否? 時畵員於燈下圖虎, 故云.

華山曰, 弊國山林間, 多有此獸, 或有被害者, 而謹愼則無災.

龍門曰, 足下見虎乎?

華山曰, 弊居非深山, 生者未見, 而捉斃者多見.

龍門曰, 余讀貴邦諸名公之詩, 平壤佳麗, 大同江、乙密臺、浮碧樓、永明寺諸勝, 景致可想. 今對足下, 吾魂縹緲, 若遊其境.

華山曰, 平壤卽前朝國都, 繁華富麗, 則至今有之. 至於風景, 則不如關東也. 所謂關東, 卽江原道也.

華山曰, 諸學士亦與唱和否?

龍門曰, 然. 唯恨日晷有限, 不能悉所懷. 千里海外, 交驩諸公, 分手非遠, 他夜夢寐中, 吾魂應渡溟渤.

華山曰, 彼此一般懷.

龍門曰, 君所著高後八卦冠乎?

華山曰, 然. 俗稱之高士巾.

龍門曰, 游子悲故鄕, 然奉使殊域, 不辱君命, 以報懸弧志, 男兒本懷, 可謂壯也. 況足下以族姪之親, 隨正使臺來, 乃無員役之煩, 則嘯傲異邦之江山, 豈其無所助乎? 自今文藻蔚然, 滿行囊者, 眞可羨焉. 則此行風流, 足.

華山曰, 以正使强迫故, 不得已隨來, 而此行固非儒士所妥當者. 先壟無人洒掃, 而經歲遠遊, 霜露怵惕, 海嶽壯遊, 異域奇觀, 亦非所樂. 古人所謂, 雖信美, 而非吾土者也. 所謂囊中物, 本無長技. 道途間雖或有得, 皆不免草率. 又方以拙筆, 需索逐日滚汨. 旣非寫官, 又無才能, 而一時顔面, 未能揮却, 唯自笑歡而已.

龍門曰, 僕亦流落之裔, 遠游之客. 乃雖日域中, 桑梓距於東都數千里. 先壟蕪穢之悼, 遲暮坎壈之歎, 先途可悲矣. 今誦足下所示, 則不覺悲惋.

華山曰, 情懷如許, 役役又如此. 每見高士閑人, 不覺忸怩.

龍門曰, 海外諸蕃, 鱗次集吾長崎港. 余未得遊彼地, 未見殊方人物, 且今與諸公邂逅, 少償壯游微志也. 歐邏巴部, 有喎蘭地, 又作和蘭. 其人長身白晳, 紅毛藍瞳, 象鼻, 以毛布爲服, 筩袖窄衫, 氈笠皮屨. 余曾見之, 形様情態, 不類此方之人也. 貴邦此人至也否?

華山曰, 如此人物, 不但不見, 曾所未聞.

又曰, 爲異聞, 携歸錄之. 華山剪余所書, 藏之囊中.

龍門畵其形様, 贈之.

華山曰, 身上如聯珠者, 何物?

龍門曰, 是鉤兩襟之衣紐也. 曾聞尊者用鏤金或銀. 余昨於東山, 觀貴國人馬箭者, 以珠鉤衣襟, 則與此同也.

華山曰; 其國距貴邦? 水路乎, 陸行乎? 幾百里也?

龍門曰, 其國在大西洋, 水路三萬里云. 其人善操船, 視海若陸. 駕大船所至萬國之中, 三百餘國, 交易貨物. 其國崇天, 盖其道別有所建矣. 有文字如篆籒行草諸體者, 左行擴書之, 蕃書不可讀. 其人製諸什器, 皆精巧. 鳥銃有不用火繩, 機發出火者. 又精天文地理云. 此人每年季春, 貢獻於都. 今來在都下, 諸公不得見焉. 其人不食米飯, 唯喫麥餠獸肉牛乳耳. 其國五穀不生, 惟麥生之. 其所聞梗槩若此.

隣房時有諷詠之聲.

龍門曰, 所歌詩乎?

華山曰, 非詩也. 詩與歌異.

龍門曰, 然則何等?

華山曰, 歌人之聲, 或男女相思, 或風月花鳥之語, 無一定之調.

龍門曰, 然則風謠?

華山曰, 然.

龍門曰, 所歌何人?

華山曰, 軍官.

龍門曰, 煩足下乞畵君, 幸掃二紙. 華山取之示西巖.

西巖曰, 明日來依示.

龍門曰, 明日來未可知. 幸許之.

華山曰, 畵君倦甚, 不佞勸成之. 小待二丈成後携歸.

西巖畵蘭竹, 贈龍門.

龍門曰, 所乞之畵, 得既幸甚. 深夜妨寢. 余將辭去. 諸公自重.

華山曰, 所願者, 重得面晤. 幸君再臨焉.

龍門曰, 必不誤再訪.

於是相揖而別. 到龍岡所居, 夜既八鼓.

小童萊山來, 頗善書, 請得數紙.

時鼓樂起階下. 絃管傖儜. 倚欄聽, 久之而去.

龍門從奴, 在下廚, 雜韓奴居. 韓奴數指口撫腹. 從奴頷, 韓奴乃饋一盂飯, 炙雞肉二大塊. 從奴受肉, 反飯云.

《東槎餘談》卷之上 終.

《東槎餘談 卷下》

南紀 劉維翰 文翼 輯

筆談

三月十日, 再到賓館, 訪龍岡居所, 復齋先在座.

復齋曰, 僕姓金, 名應錫, 字奎伯, 號復齋, 新羅王之後也. 以弓馬出身, 曾經萬戶, 今方隨來副使爺. 聞公帝室之裔, 王孫流落可憫, 祚胤能無絶, 而至於公耶.

龍門曰, 瓜瓞緜緜, 幸續家系, 唯是式微嗟嘆, 忽蒙慰問, 悚慚.

又曰, 昨於東山, 觀公之射騎, 甚可驚嘆.

復齋曰, 久廢之餘, 豈可驚嘆!

默齋 洪善輔來.

龍門曰, 疇昔之夜, 草卒相逢, 訪華山子房, 玄話及數刻, 不盡鄙衷於君, 遺憾遺憾! 瓊報從龍岡達, 深荷繾綣之情, 何以堪之.

默齋題五絶, 便面贈.

龍門曰, 扇頭題言, 殊及家系, 慚喜併集.

默齋曰, 見君世系, 爲之嗟嘆.

龍門曰, 唯是流離遐裔, 於今瑣尾, 墜家聲甚, 忽蒙盛慰, 可慚可慚!

默齋曰, 金刀 漢高之說, 於君爲他日光色.

龍門曰, 僕祖不播遷, 則僕不免淸人辮髮左衽也. 今見公等章服, 深有感謝肇淛之言. 若吾天朝, 禮樂憲章, 不失古制, 公卿大夫, 冠裳嚴然, 豈淸人所及耶?

默齋曰, 然矣. 朝鮮有箕子之遺風, 其他一從朱夫子禮文.

龍門曰, 檀君、箕子之裔, 如何?

默齋曰, 檀君之胤旣絶, 箕子之裔多存.

龍門曰, 僕與諸學士有約, 且欲謁李主簿, 不得緩談. 想公等祖道甚逼, 千里一別, 千萬自重.

默齋曰, 不勝悵悵.

到學士三書記房.

龍門曰, 昨始接芝眉, 歸後恍惚, 夢寐光儀. 伏惟冠履多福, 爲道賀之. 唯是離別在今日, 謹賦一律, 呈諸案下, 聊以爲贐. 他日諸公望海日之昇, 則賜遙念, 幸甚.

秋月曰, 方進使館, 幸更臨.

龍門曰, 星軺祖道, 知在詰朝, 豈得再來耶?

秋月曰, 午後再來, 可以和詩相別.

龍門曰, 謹諾. 僕欲謁李君虞裳, 筆語終則來.

龍淵曰, 前夜之穩, 尙爾慰荷, 卽又臨貢, 寵以贐章, 尤荷荷. 華作卽欲奉和, 而方有事使館, 未暇成章. 夕間更顧則幸矣. 如難更來, 和詩當屬何人傳去耶? 望爲詳示.

龍門曰, 僕可晤言公等, 不厭且夕奉謦欬也. 而諭以懇倒, 瓊和何須託他人矣. 乃俟公等淸間, 再趨下風.

龍淵曰, 未可少選, 更來俟僕輩從使館來否?

龍門曰, 敢不奉教.

訪李虞裳房.

龍門曰, 君雲我子耶? 僕卽劉龍門也.

雲我曰, 暗夜相逢不能記.

金峰曰, 龍門、松菴皆與僕善. 龍門富著述.

雲我曰, 見其視下於帶, 息出於踵, 君子人哉!

龍門曰, 華篇龍岡致之, 感荷感荷!

雲我曰, 顚書可愧.

龍門曰, 金峰持《徂徠學則》來, 爲贈足下也, 知否?

雲我曰, 旣知之.

龍門曰, 僕聞諸金峰, 足下於文章, 獨取嘉、隆 王、李, 其尤所推重者吳郡, 爲宇宙第一也. 是卽有異貴邦文士之選也. 其學術蓋亦有所見焉. 爲貴邦重濂 洛之學, 不欲言之, 僕亦有臭味之好. 年十七八之時, 欲購此書, 家貧不能得也. 日夜憤厲, 自寫《四部稿》《滄溟集》, 嗟乎! 今也衰矣! 偶聞足下所好, 與余心符矣, 所以來謁者, 豈有他乎?

雲我曰, 良工苦心, 僕亦手書數篋, 王、李居多. 知者少, 不知者多. 譽我者寡, 毁我者衆. 君子不顧, 獨立亡悶.

龍門曰, 昌黎曰, 事修而謗興, 德高而毁來. 僕以爲知言也. 若王、李二公, 在嘉、隆之際, 唱古文辭, 時人不曉爲何等語, 甚則以爲狂矣, 二公處之夷然. 豈獨王、李二公? 猶如韓、柳二公, 而不顧人譏彈也. 其意蓋謂, 寧藉此買禍, 要在千秋, 則奚所患焉. 豈獨韓、柳? 太史公旣有所論矣, 乃丈夫本志, 當如此矣. 意者貴邦必安科第之文, 不然則終志宋文靡弱者. 然公唱古文辭者, 恐莫齮齕之害乎. 公宜防慮, 敢布腹心. 吾無衒文進取之意, 而竢死後之鐘期而已.

雲我曰, 王才甚高, 學甚博, 而懲何大復、李空同不相能, 盛相推詡, 世人遂並稱王、李. 而雲淳漑曰, 王、李文苑之南面王也. 然文無二王,元美獨王矣. 此言不可忽.

龍門曰, 公卽吳郡身後之鐘期.

雲我曰, 官事日繁, 不卜其晝. 公能秉燭來耶?

龍門曰, 霖雨脩途, 未得夕飡. 竢夜再來, 吾腹枵然, 然一夕千歲, 敢奉教.

雲我曰, 夜具一盂飯相待, 能來否?

又曰, 知公多著書, 而未叩洪鐘, 故如是繾綣.

又曰, 公携具笈益好, 然閽禁必嚴, 奈何?

又曰, 謂公之平生所著也.

又曰, 夜可復會, 各出著書, 評其得失如何?

龍門曰, 僕不齎所業, 無便歸取. 昨以拙稿刻本數卷, 陋文若干, 贈之諸學士. 他日借覽之, 則庶幾知吾所志也.

雲我曰, 無具眼者, 必覆醬瓿, 安得見乎?

龍門曰, 僕未見諸學士之文, 體裁必宋人, 知不能超乘也, 故於諸公則不爲論文矣.

龍門曰, 僕會於公最晚, 拙稿叨呈諸學士, 則覓知焉, 亦已愚矣. 恨拙稿不委論於公, 可悔可悔!

雲我曰, 對俗人難說出世語, 對瞽者難言黼黻之美.

龍門曰, 實論佳語.

余辭去, 雲我戱以吾語曰, 迎夜可來, 米食可羞. 於是相揖而別. 到華山房.

華山曰, 盛作已和, 昨夜持來, 不逢, 故還持去.

龍門曰, 瓊和從龍岡所達之, 感謝不知所言.

華山曰, 不圖再訪, 別詩尤鄭重, 多荷多荷. 今日紛擾又如此, 無緣穩語, 尤恨. 拙和少俟午間謝客後, 當付龍岡.

龍門曰, 午後有到諸學士之約, 夕間秉燭, 有訪雲我 李君之約, 僕亦不能穩話.

華山曰, 李公之文, 聞於國中也. 古人有秉燭夜遊之歡, 二君之會, 必有冷語驚人者矣.

又曰, 公家距此幾里? 隨來童子誰也?

龍門曰, 弊廬距館纔數里, 居在城東湯臺. 童子一則原克敏, 一則豚犬如璋. 欲拜諸公光儀, 故帶來.

華山曰, 年?

龍門曰, 原氏之子年十三, 好學精敏, 予視猶子. 豚犬年十五, 性鈍劣, 教導難施, 常恐文種之絶.

華山曰, 眉眼秀發, 似必有大才.

龍門曰, 鑒賞過慮, 慚喜慚喜.

又曰, 再得接盛儀, 則是竊幸也. 唯恨離別須臾, 别後各隔海濤之渺漫, 音信曷通矣. 雖未臨岐, 吾魂已消. 長路艱難, 千萬自重.

華山曰, 萬里永別, 無他語, 公珍重自愛.

又到學士三書記房, 坐竢夕飡竟, 龍淵頒茱肉與之. 飯終, 各復座. 退石呼劉龍門來. 龍淵探筐筆與童子.

龍門曰, 諸公東來, 所遇文士知是許多, 恐陽喬不足飽.

龍淵曰, 足下誤矣. 十室之邑, 必有忠信, 況數千里之邦乎?

龍門曰, 忠孝比屋, 至豪傑奇才, 千里比肩. 四海一士, 豈稱多乎? 想勞酬應耳.

龍淵曰, 足下其寒山片石乎.

龍門曰, 驢鳴犬吠, 旣已過賞, 不敢當之. 歸路取吾稿, 爲徐常侍故事, 則吾拙有所藏, 是則公之惠也.

龍淵曰, 座中此君, 文章奇傑士也, 足下知之乎? 恐當面錯過, 有一喫醒. 座中, 指接伴長老隨來那波氏 魯堂者, 魯堂則那波活所之裔也.

龍門曰, 嚮此人訪吾廬, 旣定交矣. 魯堂所親之人在西京, 隨余學詩, 曾熟其名. 吾五世祖與魯堂祖, 同仕宗室. 是名儒之子孫, 不尋常書生也.

雖然吾黨多名士, 足下異邦之客, 不能悉其武庫. 若得見其人, 五兵縱攅, 有不可犯者也. 何必令魯堂獨賈勇耶?

龍淵曰, 兩公世德, 益見其趾美之盛. 須益勉勵, 無負歲寒之期.

龍門曰, 晝間與雲我 李君, 罄頃刻之歡, 其才翩翩可愛. 公幹鞅掌, 不能悉所懷矣. 此人準的王 弇州, 是貴邦所少也.

龍淵曰, 雲我名願聞.

龍門曰, 李君虞裳也.

龍淵曰, 李君文章奇士也. 僕偶忘其號也. 吳門雖是有明大家, 終非詩家正脉, 我邦人不取.

龍門曰, 衆之所不取, 而李公取之, 眞奇士也. 弇州博大, 古今一人, 其詩則僕有取焉, 有不取焉, 若文章則不可不取也.

龍門曰, 公等見浪華 木世肅乎? 曾請余詩題其堂, 友人松崎君脩作記. 且聞世肅請高文, 至浪華見此人, 則有知我也.

秋月曰, 作詩不作文.

龍門曰, 諸公所著冠名如何?

龍淵曰, 退石蓮葉冠, 秋月、玄川黑鬃巾, 僕卽東坡道人冠也.

龍門曰, 六一《日本刀》歌, 稱逸書百篇今猶存, 卽公等所知也. 先秦典籍, 徐福所齎竹簡漆書, 獨存弊邦神庫中. 吾白石 源公, 與辛卯三信使旣論之, 今不具列也. 若皇侃《論語義疏》、孔安國註《古文孝經》、王肅《孔子家語註》, 是等旣刋行? 此逸於中土, 全然存吾日東, 好古學士崇尙之. 寧樂卽南都, 吾先王舊都, 有三大庫, 庫中多唐來珍籍, 若杜預

《左傳釋例》, 中土不聞傳之, 蓋存庫中云. 公等想心醉濂、洛之學, 不貴此等之書.

玄川曰, 然. 縱有此等註解, 無益正心誠意術, 弊邦所不取也.

龍淵和余詩曰, 著書今太史, 爲庶古將軍. 數指此句, 笑而顧余.

龍門曰, 有老杜憫曹將軍歌意也. 令余懷舊, 殆欲灑淚.

玄川曰, 東州數十日, 得尊最晩. 賓席撓撓, 不能接永夕之懽, 只依稀識尊文雅有志之士而已. 今屬百年不再得之別恨, 然當如何之. 幸益留心於程、朱之學, 以不負降衷之性, 幸甚幸甚.

龍門曰, 所箴幸甚. 人心如面, 豈欲令吾面若公面乎?

公視猶吾, 吾視猶公. 吾不信程、朱, 猶公不信吾所學也. 吾何執吾是, 陳非吾之人耶? 恐起紛爭, 不敢論之. 吾所學學術, 非造次所悉也.

玄川曰, 詩本性情, 若雕鏤而已, 則便不是詩. 不然, 則三百篇, 何以爲三經之一耶? 幸深思之, 致力於本源之地.

龍門曰, 吾所道者,《詩》《書》, 執禮, 是非洙、泗本源耶? 詩雖本性情, 則若宋人以議論, 充溫厚和平之旨, 恐背三百篇旨矣. 公所諭, 必以余爲專詩者乎, 必以爲記誦文字之俗學也. 余深愧焉, 亦唯所學開口, 則牴牾諸公, 余所敢不論也. 摛藻若華, 亡益德行, 是所戒愼. 敢奉明敎.

又曰, 日將暮矣, 余將辭去. 諸公自重爲國終令名. 唯恨再會無期, 奈此情何?

秋月曰, 彼此一般別恨, 無他語表中情, 望自重.

龍淵曰, 黯然消魂, 惟別而已. 少別猶可消魂, 況終此生之別乎? 逢場別筵, 同一夜中, 恨缺之懷, 如何可言? 只望珍重自玉.

玄川曰, 忽忽不盡之懷, 何日可忘? 幸益加自玉.

退石曰, 乍接淸儀, 重和詩篇, 慰喜殊深. 今忽永別, 悵惘奈何!

於是四學士起再揖, 龍淵嗟嘆不止. 余答揖而別去.

到雲我房, 李有事使館而未歸. 坐而待之, 李僕奴距之. 不能言語諭之, 書而示之, 不能讀焉. 隣房有吳大年者, 余書片紙示之曰, 僕與李君有約, 留竢其來, 公等無怪焉, 此人頷.

有一人揖余書曰, 僕姓李, 名命知, 字聖欽, 號碧霞, 官階僉知. 此人善通和語, 言談不因譯舌, 兼善和字.

龍門曰, 戊辰從聘諸學士無恙, 旣聞之. 南學士、朴、李三君, 今進何等官職耶?

碧霞曰, 身無蟣而官益進也. 矩軒出爲藍浦太守, 濟庵出爲桃源察訪之任, 海皐爲校書博士也.

一衣冠人來, 執筆示余曰, 公以堂堂帝室之胄, 如此其下, 可謂有否泰之理也.

又曰, 與辛卯學士同名. 吾造次不解之, 退思知之, 辛卯從聘學士申靑泉, 與余同名故.

龍門曰, 足下何人耶?

此人不對, 大書曰, 此所謂王孫歸不歸.

龍門曰, 王孫游兮不歸, 望夫李君兮歸來. 龍岡在側問之, 云醫員丹崖也.

丹崖曰, 越房有公之同姓, 相見如何?

龍門曰, 所願也, 請達鄙意.

丹崖將黑鬃巾白帢之人來, 相揖禮竟. 其人發所帶皮袋中有片紙, 記余姓名字號, 開示余, 又藏之.

龍門曰, 僕雖與君同姓, 海外相隔, 素不相通, 何以知賤姓名耶?

其人曰, 得見洪君默齋筆話而知之矣. 得聞君姓名, 以後願一相逢, 記而藏之矣.

龍門曰, 余昨與趙君華山驩, 聞國書陪來, 有與余同姓人也, 知是公等. 不料會面於此, 結同姓之好, 何比他人之遇矣. 誼實兄弟也. 君名字官號, 審爲示焉.

其人曰, 僕名道弘, 字士行, 號水軒, 官階僉知.

水軒頗通吾語, 問曰, 聞公年四十六, 僕則四十七. 公有嫡妻耶? 若有妾耶? 且胤子如何?

龍門以和語對曰, 貧家不能蓄妾, 荊婦幸有二男二女.

水軒曰, 年齒幾許?

龍門曰, 男子年長者十五, 幼者五歲. 女子年長者十一, 幼者八歲.

水軒執筆曰, 吾則有三男二女, 長男二十四歲, 次二十一歲, 次九歲. 二女, 長者二十八歲, 次者十九歲. 令胤年淺, 應無子女矣. 僕之長子有一人, 今季五, 有女今年三. 長女有子年九, 有女年七. 僕之內外孫四箇矣.

水軒以和語問曰, 令妻齡幾許? 吾爲系嗣慮之.

龍門曰, 年四十餘. 健婦幸克幹家事.

龍門曰, 螽斯椒聊之化, 公樂可知焉. 同姓蕃衍, 固所可賀也. 唯恨殊域異壤, 不得杯勺一堂, 罄同姓之歡.

又曰, 僕系帝室, 知公同源. 僕祖去中國而東, 經歷幾年. 僕生長斯地, 衣服習俗, 不得不隨於邦也. 今觀公等冠裳, 則懷漢之感寔深矣. 然生長中土, 則不免淸人之胡俗, 彼此一是非, 僕不欲言也. 中土實可慨嘆矣. 貴國文物, 可敬可敬.

水軒曰, 卽令大天之下, 禮樂文物, 獨存弊邦, 而國各異制, 何歉之有? 從俗而已. 但公以帝室之裔, 落此日域, 長爲異國之人, 追思前代, 必多歉恨.

龍門曰, 盛問懇切, 深蒙慰幸, 嗚咽不能答焉. 如此流落, 誰敬卯金刀氏也.

又曰, 君所系如何?

水軒曰, 同泒與否, 未能的知, 而吾姓稀姓, 在本國時, 得見同姓人, 則不覺欣悅, 況於異域相逢乎? 雖無雅分, 一見如舊.

龍門曰, 眞若越之流人, 見其所知而喜乎. 貴國稠人中, 忽遭同姓之人, 則宿緣天假之. 異域中得吾謦欬, 知其喜不獨遇昆弟也. 僕於公, 譬諸草木, 臭味同也. 僕攀高館者數矣, 何相見之晩也. 可恨可恨!

水軒曰, 果然矣.

龍門曰, 吾邦先王, 遣使隋、唐, 又擇俊秀, 學于其土, 謂之留學生. 禮樂制度, 一遵其制, 衣冠文物, 煥乎盛矣. 文武官僚, 有獻策科擧之法, 人之有器也, 各得以進矣, 拖紫帶金, 若俛拾地芥也. 故天朝典禮, 於今不改, 公卿大夫, 不剃頂髮, 常用衣冠. 雖羊存實, 可敬矣. 唯是中葉以來, 天下分爭, 若桓、文者互興, 文敎塗炭, 武夫跋扈也. 自織田氏擄兵權, 關白接踵, 官僚混爲尙武之俗. 人物裳衣, 不遵古制, 苟從簡便, 實如趙武靈之用胡服者, 二百年矣, 是志士所嘆恨矣. 僕雖殊域遺種, 幸觀朝之士大夫冠裳嚴然, 勝中土之胡俗者, 萬萬矣. 是僕所欣悅也.

氈笠之人, 持題《東槎日記》大冊子來. 水軒繙閱, 指一處示之. 言談多少, 彼人持冊子去. 尋有白帢黑帽二人來, 又與水軒言話, 若論爭狀也, 殊語不可解, 水軒如屈.

水軒曰, 有公幹, 不得穩語, 可歎可歎!

彼二人將水軒去.

吳大年出一箱, 開之見剪綵花. 執而示之, 弄者數矣, 余以爲持歸與子女也. 大年書曰, 公等欲得此箱耶? 余持歸無用, 請贈之. 余受而歸.

夜旣二更, 雲我從使館來.

雲我曰, 僕甚疲矣, 臥欲語, 公等許耶否?

龍門曰, 如意.

奴隸供飯穀. 韓人嗜油膩比本邦食, 監味甚薄.

雲我曰, 吾橐中多草稿, 歸國後, 欲著書一部, 名以《珊瑚鐵網》, 盡括日東奇人才士, 靈山佳水珍寶, 一草一花一石一鳥獸之奇, 亦不漏失. 當載小傳, 使天下萬世知有龍門先生, 而沉沒不遇.

龍門曰, 不敢當, 不敢當! 微名因公傳大邦, 旣已幸甚, 況依庇傳諸千秋, 則翰也不佞, 死且不朽矣. 唯恨各天殊域, 及書就之日, 不能見之.

龍門曰, 弊邦文章, 近代大變, 學王、李者十七八, 貴邦如何?

雲我曰, 中土衰矣, 雖吾邦亦無人也. 皆汨沒科學, 無習古文者, 託意奉行.

龍門曰, 吾邦士大夫, 世祿世業, 無科擧之制, 因無進取之心. 世人視文章爲長物也. 就中學文者, 實有千秋之意, 又無學八股之陋, 步驟古文辭者, 自無瞠若乎後矣. 大業所就, 蓋在於此乎.

雲我曰, 此事甚好.

龍門曰, 吾攀館有日也, 與學士三記室會, 未見若公才識卓越者也. 天不假良緣, 相見之晩, 可恨可歎! 余早知有公, 豈以公易諸學士? 多日許多筆話, 實費浪說.

雲我曰, 對他邦文士, 談眞實學問, 以相切磋可也, 何須浪費筆舌, 爲閑說話?

龍門曰, 戊辰之年, 余與朴、李諸學士會, 文章學術, 議論蜂起, 談及王、李, 諸學士不悅, 觀色可知也. 吾懲如此, 於諸學士, 徒費浪說耳.

雲我曰, 人心如面. 所謂學士者, 吾不知.

龍門曰, 余會諸搢紳者數日矣, 亡與語古文辭者. 稠人中, 知有公者,實從金峰, 抵掌於公, 爲東來一人. 此人於公, 海外一知已.

又曰, 余幼從師, 受濂、洛之學也. 後讀先達書, 盡廢舊習, 階古文辭, 解釋經義. 宋儒疵瑕, 不能掩矣. 悲哉! 先王《詩》《書》禮樂之道, 變爲修心煉氣之法, 是不知浸淫浮屠者也. 今諸學士, 動以格物窮理戒余, 余旣厭腐語. 及會於於公, 始超培塿而上泰山, 於是乎小諸學士. 公於經義, 必遡洙、泗之源, 觀瀾之識, 必有難爲水者. 公於學術有別所見乎?

雲我曰, 國法外宋儒而說經者, 重繩之, 不敢言說此等事, 請論文章.

龍門曰, 文章大業, 公美名, 必振海東也. 然其所業, 牴牾時好, 恐不免譏彈. 公能防護, 克終令德.

又曰, 公崇尙弇州, 實貴邦中一人. 是不竢文王者, 佳佳.

雲我曰, 吾無奇識. 吾師有嵗數先生者, 文章海東千古一人. 吾受師說者如是.

龍門曰, 果知有淵源也. 初以爲貴國所尙, 則不過宋文平平者, 今聞公餘論也, 乃知國有人矣. 恐稱之者不多.

雲我曰, 錢虞山曰, 天地之大, 古今之遠, 文心至深, 文海至廣, 窃窃截一二人爲巨子, 乘車入鼠穴者, 可笑. 吾幼習王、李家言, 擬摸入微中, 承吾師之敎, 思別出手眼, 就王、李, 別開一洞天. 然其慕尙之意, 不但已. 此平生悟解者, 故敢奉獻.

龍門曰, 夫換骨脫胎, 古人所稱. 一字一句, 步驟舊轍, 遂爲邯鄲蒲伏耶? 又將宛若王、李容貌, 則何以異優孟學孫叔敖耶? 奚與學書者, 臨摹古法帖殊哉? 余深有取公言也. 吾邦唱古文辭者, 徂徠實爲嚆矢. 擬議李、王, 別出杼柚, 議論卓見, 則有尙焉, 是爲善學也.

吾雖不同時, 於此事則竊不能不淑艾也. 吾初以王、李爲領袖, 才疎學淺, 鑽仰彌覺堅高矣. 至窺一班, 乃謂王則易至, 李則難及. 王以博大敵李, 其才實減一等. 吾願提韓挈柳, 奴王隷李, 超乘先秦, 能爲左氏司馬矣. 不然, 北面王、李, 則恐減半德矣. 公爲如何?

雲我曰, 閉門造車, 千里合轍, 異日文日東者, 必是劉王孫.

龍門曰, 博大雄才, 著述之富, 宇宙弇州一人, 公言不誣焉. 然吾所取在正編, 如續編則意在筆先, 不必學. 學之, 則害脩辭.

雲我曰, 以余觀之, 元美博識, 古亦無之, 可異.

有人來召雲我.

雲我曰, 僕又有召命, 復入使館. 請公珍重, 一別千里.

龍門曰, 尋常生別, 可悲矣, 況於公乎! 別後音信永絶, 余有感王摩詰之詩也.

雲我曰, 去留同情.

相揖而別. 夜旣過三更.

碧霞至, 與余龍岡言談, 不假舌人. 龍岡請令作和書, 余得二紙.

碧霞曰, 余明且發行, 公幸平安.

與余訪雲我房者井子愼. 得筆話數十紙, 亦有刮目者.

名紙

不佞姓李, 名彦瑱, 字虞裳. 新羅開國功臣謁平之裔也. 家貧, 隷名司譯司, 爲漢學主簿, 盖抱關擊柝之流也. 無才知, 而好讀天下古文奇字. 以母病父老, 辭不欲遠游, 有司者誤以爲才, 遂承命而來, 此所謂竿濫也. 或稱曇寰, 或雲我, 或誕登子, 皆信筆書之也. 此虞裳所贈於余之詩後附之, 故附錄之.

雲我眞才士. 其以筆換舌者, 敏發特甚, 捷於言語以爲答問也.

《東槎餘談》卷之下 終.

《東槎餘談 附錄》

南紀 劉維翰 文翼 著

詩

《呈製述官秋月 南公》 龍門

蓬萊春色映珠珂, 原隰騑騑四牡歌. 禮待殊邦儀總盛, 風流太史興應多. 星槎同犯天河泛, 仙桂元攀月樹過. 文章經國千秋美, 知君聖世頌融和.

《和劉龍門》 秋月

王孫寶玦散鳴珂, 殊域千年瑣尾歌. 芳草春風愁色遠, 杜鵑明月怨聲多. 誰凡誰楚仍雲杳, 爲庶爲淸浩劫過. 博望衣冠驚似舊, 乾坤今見漢廷和.

《呈正使書記龍淵 成公》 龍門

鵬際春雲鷁首船, 錦帆東指海門煙. 還從徐福求仙路, 應憶王仁通信年. 絶域同文分禹貢, 兩邦脩好載堯天. 裁詩擬贈公孫紵, 莫惜聲華向我傳.

《和龍門》 龍淵

山陽遺種日東船, 芒宙祥雲幾劫煙. 芳草江南春二月, 羇離遼外月千年. 詩盟偶合同文地, 世好相傳送別天. 見說龍門多著述, 一編須向小華傳.

《呈副使書記玄川 元公》 龍門

賓殿新開翰墨林, 使旌留處綵雲積. 壯游應報懸弧志, 嘉會偏憐附驥心. 海外神交酬雜佩, 篇中俊語比兼金. 陽春不怪難相和, 流徵調高郢客吟.

《和龍門》 玄川

華胄遙遙記上林, 千年龍子斗南深. 中州日月歸蝸角, 三島風煙寄鶴心. 桴海不緣承露玉, 成仙誰說誤砂金. 興亡凡、楚桑田感, 文藻依稀猛子吟.

《呈從事書記退石 金公》 龍門

箕邦仙使指蓬萊, 書記翩翩載筆陪. 威鳳遙辭金殿去, 伴鵬且擊渤溟來. 登龍爭御殊能士, 倚馬兼稱專對才. 爲識囊中新賦滿, 歸心長掛觀魚臺.

《和劉龍門》 退石

羈懷悄悄望東萊, 何日西歸紫禁陪. 懸旆行人梅下坐, 將詩遠客雨中來. 可憐落魄王孫裔, 不是尋常學究才. 桑海餘生今幾世, 衹應時夢栢梁臺.

《席上呈南學士》 龍門

樓船縹緲渡扶桑, 載筆仙郎出玉堂. 知摘芙蓉千仞雪, 照添詞賦滿行囊.

《重和龍門》 秋月

龍種淪沉閱海桑，曳裾羞上五侯堂. 劉安述作無人識，書畵船中付一囊.

《席上呈成書記》 龍門

春濤畵鷁渡蓬、瀛，海表先傳書記名. 傾蓋何知忘弱羽，翩翩且件鳳鸞鳴.

《重和龍門》 龍淵

銅仙餘淚灑東瀛，丹籍瑤丘謾列名. 夜靜禪樓談故事，斷鴻猶似上林鳴.

《席上呈元書記》 龍門

日本名刀龍雀環，携來且欲脫腰間. 新詩更擬相貽意，願護君身過海山.

《重和龍門》 玄川

荷衣蕙帶玉爲環，滄海澄明飄影間. 忽見青蛇生紫氣，月明料得下君山.

《席上呈金書記》 龍門

青袍獻策語驚人，奉使況看恩寵新. 殊域縱憐花鳥興，應思威鳳殿中春.

《再和龍門》 退石

四海同袍物與人, 莫言萍水結交新. 今蓋同和峨洋曲, 明日相離萬里春.

《呈花山 趙公二首》 龍門

錦帆東指綵雲隈, 高館新迎嘉客來. 共謂大邦多俊逸, 揮毫先已見君才.

蓬萊春色五雲懸, 輕艦無迷日出邊. 知是行囊詞賦滿, 相逢爲問遠游篇.

《和謝龍門二首》 花山

華胄遙從白水隈, 何年浮海日東來. 定知龍種常人異, 今見夫君卓犖才.

萬國同瞻日月懸, 蜻川遙在海東邊. 當時博望乘槎路, 倘有囊詩一百篇.

《呈默齋 洪公》 龍門

萬里仙槎大海濤, □□ 不厭遠行勞. 知君橐裡陽春曲, 應鬪芙蓉白雪高.

《奉和龍門》 默齋

博望星槎泛海濤, 王程萬里敢言勞. 龍門世系多悲慨, 誰識金刀祖漢 高.

《奉贈雲我 李公》 龍門

綵筆春含珠樹香, 況陪仙使帶輝光. 梗楠舊出雞林地, 自識良材堪棟梁.

《奉報龍門 劉先生》 雲我

芝蘭林裏室生香, 鵲背何來抵夜光. 小別千年天地外, 武州東望海無梁.

《戲題扇面贈龍門》 秋月

千載紛爭共一毛, 可憐身世兩徒勞. 無人說與劉皇叔, 問舍求田意最高.

《書扇頭贈龍門》 龍淵

不是舊相識, 如何傷別離. 明朝碧海上, 故國一天涯.

《題便面與劉文翼 自註云阿瞞指曹操》 默齋

遠逃阿瞞世, 淪落海天鄉. 感慨君心事, 題詩更表情.

《書扇示示劉龍門公》 花山

一席良晤, 千里神交. 文鋪錦繡, 誼結漆膠.

《奉送南學士》 龍門

冠冕儒臣貴, 文章舊有名. 綵毫裁錦綉, 艤艦渡蓬、瀛. 贈縞千秋好, 論天一日情. 願吾離別怨, 寄入素琴聲.

《和龍門》 秋月

已識王孫貴, 無煩問姓名. 文章追西漢, 家世落東瀛. 篋草隨春色, 皇華起古情. 天涯送客處, 樓閣雨連聲.

《奉送成書記》 龍門

鸞鳳仙郎彩, 詞章果出群. 敏才楊主薄, 麗藻鮑參軍. 旅夢青山雨, 鄉愁落日雲. 征鞍難暫住, 別涙幾霑裙.

《重和龍門別詩》 龍淵

海外眞龍種, 江南送鶴群. 著書今太史, 爲庶古將軍. 送客春洲雨, 題詩暮寺雲. 王孫多別恨, 芳草似荊裙.

《奉送元書記》 龍門

高館金蘭席, 如何忽送歸. 桃花隨去馬, 草色亂征衣. 殊域語雖異, 同文意不違. 唯憐西海月, 別後共淸輝.

《和龍門》 玄川

遠客侵晨發, 脩程帶日歸. 山河分水陸, 風露透冠衣. 筆下交相識, 詩前契莫違. 依依逢別處, 孤月有明輝.

《奉送金書記》 龍門

高堂傾蓋日, 無奈別離愁. 航海看過夏, 歸鄉應及秋. 各天如隔世, 無水遠分州. 若憶交歡事, 君看曉日浮.

《和龍門》 退石

細雨濛濛暗，孤燈耿耿愁．煙篁迷似夢，霜鬢颯如秋．別恨王孫草，歸程馬島州．莫言分手遠，天地此生浮．

《奉送趙花山》 龍門

青袍從遠使，君獨見風流．一軌同文會，殊邦傾蓋游．采薇應感節，懷朧不須秋．別後重濤隔，音書何處酬．

《奉和龍門送別韻》 花山

日域多名士，推君第一流．投笻訪遠客，剪燭做淸遊．後夜花間月，他年海上秋．相思定無限，瓊韻且相酬．

《題扇面奉送雲我 李公》 龍門

萍水偶相逢，相逢忽離別．添君詞賦光，摘贈芙蓉雪．

《同奉送默齋 洪公》 同

晨星隨使駕，解纜辭蓬壺．爲識治裝橐，應携魚眼珠．

李、洪二子有和詩，時館中騷擾特甚．旁觀俗人，欲韓人書如金玉矣，因抄取去．

《東槎餘談》附錄 終．

【영인자료】

東槎餘談

海外眞龍種江南送鶴群著書今太史爲廃古將軍

送客春洲雨題詩暮寺雲王孫多別恨芳草似荊裙

奉送元書記

龍門

高館金蘭席如何忽送歸桃花隨去馬草色亂征衣

殊域語雖異同文意不違唯憐西海月別後共清輝

和龍門

玄川

遠客侵晨發脩程帯日歸山河分水陸風露透冠衣

筆下交相識詩前契莫違依依逢別處孤月有明輝

奉送金書記

龍門

高堂頒蓋日無奈別離愁航海看過長歸鄉應及秋

奉送南學士

冠冕儒臣貴
文章舊有名
絲毫裁錦繡
艤艦渡蓬瀛

贈縞千秋好
論交一日情
願吾離別怨
寄入素琴聲

和龍門　秋月

已識王孫貴
無煩問姓名
文章追西漢
家世落東瀛

篋草隨春色
皇華起古情
天涯送客處
樓閣雨連聲

奉送成書記　龍門

鸞鳳仙郎彩
詞章果出群
敏才楊主薄
麗藻鮑參軍

旅夢青山雨
鄉愁落日雲
征鞍難暫住
別淚幾霑裙

重和龍門別詩　龍淵

外武州東望海無梁

戲題扇面贈龍門　秋月

千載紛爭共一毛可憐身世兩徒勞無人說與劉皇叔問舍求田意最高

書扇頭贈龍門　龍淵

不是舊相識如何傷別離明朝碧海上故國一天涯

題便面與劉文翼　自註云阿瞞指曹操　黙齋

遠逃阿瞞世淪落海天鄉感慨君心事題詩更表情

書扇示劉龍門公　花山

一席良晤千里神交文鋪錦繡誼結漆膠

萬里仙槎大海濤 不厭遠行勞 知君槖裡陽春
曲 應鬪芙蓉白雪高

奉和龍門 默齋

博望星槎泛海濤 王程萬里敢言勞 龍門世系多悲
慨 誰識金刀祖漢高

奉贈雲我李公 龍門

綵筆春含珠樹香 况陪仙使帶輝光 梗楠舊出雞林
地 自識良材堪棟梁

奉報龍門劉先生 雲我

芝蘭林裏室生香 鵲背何來抵夜光 小別千年天地

錦帆東指絲雲隈高舘新迎嘉客來共謂大邦多俊
逸揮毫先已見君才
蓬萊春色五雲懸輕艦無迷日出邉知是行囊詞賦
滿相逢爲問遠游篇

和謝龍門二首　花山

華冑遥從白水隈何年浮海日東來定知龍種常人
異今見夫君卓犖才
萬國同瞻日月懸蜻川遥在海東邉當時愽望乗槎
路倘有囊詩一百篇

呈默齋洪公　龍門

重和龍門　　玄川

荷衣蕙帶玉爲環滄海澄明飄影間忽見青蛇生紫氣月明料得下君山

席上呈金書記　　龍門

青袍獻策語驚人奉使況看恩寵新殊域縱憐花鳥興應思威鳳殿中春

再和龍門　　退石

四海同袍物與人莫言萍水結交新今燕同和峨洋曲明日相離萬里春

呈花山趙公二首　　龍門

識書畫船中付一囊

席上呈成書記

龍門

春濤書鷁渡蓬瀛海表先傳書記名傾蓋何知忘弱羽翩翩且伴鳳鸞鳴

重和龍門

龍淵

銅仙餘淚灑東瀛冊籍瑤丘謾列名夜靜禪樓談故事斷鴻猶似上林鳴

席上呈元書記

龍門

日本名刀龍雀環携乃來且欲脫腰間新詩更擬相貽意願護君身過海山

對才為識囊中新賦滿歸心長掛觀魚臺

和劉龍門　退石

羇懷悄悄望東萊何日西歸紫薇階懸旆行人梅下
坐將詩遠客雨中來可憐落魄王孫裔不是尋常學
究才桑海餘生今幾世秖應時夢栢梁臺

席上呈南學士　龍門

樓船縹緲渡扶桑載筆仙郎出玉堂知摘芙蓉千仞
雪照添詞賦滿行囊

重和龍門　秋月

龍種淪沉閱海桑曳裾羞上五侯堂劉安述作無人

賓殿新開翰墨林使旌留處綵雲積壯游應報懸弧
志嘉會偏憐附驥心海外神交酬雜佩篇中俊語比
兼金陽春不佐難相和流徵調高郢客吟

和龍門　玄川

華冑遙遙記上林千年龍子斗南深中州日月歸蝸
角三島風煙寄鶴心桴海不緣承露玉成仙誰説誤
砂金興匕凡楚桑田感文藻依稀猛子吟

呈從事書記退石金公　龍門

箕邦仙使指蓬萊書記翩翩載筆陪威鳳遙辭金殿
去伴鵬且擊渤溟來登龍爭御殊能士倚馬兼稱專

刼過博望衣冠鼇似舊乾坤今見漢廷和

呈正使書記龍淵成公　龍門

鵬際春雲鷁首船錦帆東指海門煙還從徐福求仙路應憶王仁通信年絶域同文分禹貢兩邦脩好載堯天裁詩擬贈公孫紵莫惜聲華向我傳

和龍門　龍淵

山陽遺種日東船苍宙祥雲幾刼煙芳草江南春二月羇離遼外月千年詩盟偶合同文地世世好相傳送別天見說龍門多著述一編須向小華傳

呈副使書記玄川元公　龍門

雲我曰以余觀之元美博識古亦無之可異

有人來召雲我

雲我曰僕又有召命復入使舘請公珍重一別千里

龍門曰尋常生別可悲矣况於公乎別後音信永絕余有感王摩詰之詩也

雲我曰去留同情

相揖而別夜既過三更

碧霞至與余龍岡言談不假舌人龍岡請令作和書余得二絲碧霞曰余明且發行公幸平安

與余訪雲我房看井子愼得筆話數十絲亦有刮目者

於此事則竊不能不淑艾也吾初以王李為領袖才踈
學淺鑽仰彌覺堅高矣至窺一班乃謂王則易至李則
難及王以博大敵李其才實減一等吾願提韓挈柳奴
王隷李超乘先秦能為左氏司馬矣不然北面王李則
恐減半德矣公為如何
雲我曰閉門造車千里合轍異日文 日東者必是劉
王孫
龍門曰博大雄木著述之富宇宙弇州一人公言不誣
馬然吾所取在正編如續編則意在筆先不必學學之
則害脩辭

雲我曰錢虞山曰天地之大古今之遠文心至深文海至廣竊穴切截一二人爲巨子乗車入鼠穴者可笑吾幼習王李家言擬摸入微中承吾師之教思別出手眼就王李別開一洞天然其慕尚之意不徂已此平生悟解者故敢奉獻

龍門曰夫换骨脫胎古人所稱一字一句步驟舊轍遂爲邯鄲蒲伏耶又將宛若王李容貌則何以異優孟學孫叔敖耶奚與學書者臨摹古法帖殊哉余深有取公言也吾　邦唱古文辭者徂徠實爲嚆矢擬議李王別出杼柚議論卓見則有尚焉是爲善學也吾雖不同時

等事請論文章

龍門曰文章大業公美名必振海東也然其所業牴牾時

好恐不免譏彈公能防護克終令德

又曰公崇尚弇州實 貴邦中一人是不族文王者佳

佳

雲我曰吾無奇識吾師有敝數先生者文章海東千古

一人吾受師說者如是

龍門曰果知有淵源也初以為 貴國所尚則不過宋

文平平者今聞公餘論也乃知 國有人矣恐稱之者

不多

殊域及書就之日不能見之

龍門曰 弊邦文章近代入變學王李者十七八 貴邦如何

雲我曰中土衰矣雖 吾邦亦無人也皆汨没科擧無習古文者託意奉行

龍門曰吾 邦士大夫世祿世業無科擧之制因無進取之心世人視文章爲長物也就中學文者實有千秋之意又無學八股之陋歩驟古文辭者自無瞠若乎後矣大業所就蓋在於此乎

雲我曰此事甚好

夜既二更雲我從使館來

雲我曰僕甚疲矣臥欲語公等許耶否

龍門曰如意

奴隸供飯殽（韓人嗜油膩比本邦食鹽味甚薄）

雲我曰吾橐中多草稿歸國後欲著書一部名以珊瑚鐵網盡括　日東奇人才士靈山佳水珍寶一草一花一石一鳥獸之奇亦不漏失當載小傳使天下萬世知有龍門先生而沉没不遇

龍門曰不敢當不敢當微名因公傳　大邦既已幸甚況依庇傳諸千秋則翰也不侮死且不朽矣唯恨各天

朝之士大夫冠裳嚴然勝中土之胡俗者萬萬矣是僕
所欣悅也
氈笠之人持題東槎日記大冊子來水軒繙閱指一處
示之言談多少彼人持冊子去尋有白帢黑帽二人來
又與水軒言話若論爭狀也殊語不可解水軒如屈
水軒曰有 公幹不得穩語可歎可歎
彼二人將水軒去
吳大年出一箱開之見剪綵花執而示之弄者數矣余
以爲持歸與子女也大年書曰公等欲得此箱耶余持
歸無用請贈之余受而歸

水軒曰果然矣

龍門曰吾 邦 先王遣使隋唐又擇俊秀學于其土謂之留學生禮樂制度一遵其制衣冠文物煥乎盛矣文武官僚有獻策科擧之法人之有器也各得以進矣拖紫帶金若俛拾地芥也故 天朝典禮於今不改公卿大夫不剃頂髮常用衣冠雖羊存實可敬矣唯是中葉以來天下分爭若桓文者互興文教塗炭武夫跋扈也自織田氏據兵權關白接踵官僚混爲尚武之俗人物裳衣不遵古制苟從簡便實如趙武靈之用胡服者二百年矣是志士所嘆恨矣僕雖殊域遺種幸覩

龍門曰盛問懇切深蒙慰幸嗚咽不能答焉如此流落

誰敬卯金刀氏也

又曰君所系如何

水軒曰同泒與否未能的知而吾姓稀姓在本國時得見同姓人則不覺欣悅况於異域相逢乎雖無雅分一見如舊

龍門曰眞若越之流人見其所知而喜乎 貴國稠人中忽遭同姓之人則宿緣天假之異域中得吾謦欬知其喜不獨遇昆弟也僕於公譬諸草木臭味同也僕攀高館者數矣何相見之晚也可恨可恨

龍門曰螽斯椒聊之化公樂可知焉同姓蕃衍固所可賀也唯恨殊域異壤不得杯勺一堂罄同姓之歡

又曰僕系帝室知公同源僕祖去中國而東經歷幾年僕生長斯地衣服習俗不得不隨於 邦也今覩公等冠裳則懷漢之感寔深矣然生長中土則不免清人之胡俗彼此一是非僕不欲言也中土實可慨嘆矣 貴國文物可敬可敬

水軒曰卽令大天之下禮樂文物獨存 弊邦而國各異制何歎之有從俗而已但公以帝室之裔落此 日域長為異國之人追思前代必多歎恨

龍門以和語對曰貧家不能畜妾荊婦幸有二男二女

水軒曰年齒幾許

龍門曰男子年長者十五幼者五歲女子年長者十一幼者八歲

水軒執筆曰吾則有三男二女長男二十四歲次二十一歲次九歲二女長者二十八歲次者十九歲今儞年淺應無子女矣僕之長子有一人今年五有女今年三長女有子年九有女年七僕之內外孫四箇矣

水軒以和語問曰令妻齡幾許吾爲系嗣慮之

龍門曰年四十餘健婦幸克幹家事

龍門曰僕雖與君同姓海外相隔素不相通何以知賤姓名耶

其人曰得見洪君默齋筆話而知之矣得聞君姓名以後願一相逢記而藏之矣

龍門曰余耿與趙君華山驩聞 國書陪來有與余同姓人也知是公等不料會面於此結同姓之好何比他人之遇矣誼實兄弟也君名字官號審爲示焉

其人曰僕名道弘字士行號水軒官階僉知

水軒頗通吾語問曰聞公年四十六僕則四十七公有嫡妻耶若有妾耶且胤子如何

龍門曰午後有到諸學士之約夕間秉燭有訪雲我李
君之約僕亦不能穩話
華山曰李公之文聞於 國中也古人有秉燭夜遊之
歡二君之會必有冷語驚人者矣
又曰公家距此幾里隨來童子誰也
龍門曰弊廬距館纔數里居在城東湯臺童子一則原
克敏一則豚犬如璋欲拜諸公光儀故帶來
華山曰年
龍門曰原氏之子年十三好學精敏予視猶子豚犬年
十五性鈍劣教導難施常恐文種之絶

龍門曰僕會於公最晩拙稿叨呈諸學士則覓知馬亦
已愚矣恨拙稿不委論於公可悔可悔
雲我曰對俗人難說出世語對[illegible]難言黼黻之美
龍門曰實論佳語
余辭去雲我戲以吾語曰迎夜可來米食可羞於是相
揖而別到華山房
華山曰盛作已和昨夜持來不逢故還持去
龍門曰瓊和從龍岡所達之感謝不知所言
華山曰不圖再訪別詩尤鄭重多荷多荷今日紛擾又
如此無縁穩語尤恨拙和少俟午間謝客後當付龍岡

又曰、日將暮矣、余將辭去、諸公自重、爲國、終令名、唯恨再會無期、奈此情何、

秋月曰、彼此一般別恨、無他語、表中情、望自重、

龍淵曰、黯然消魂、惟別而已、少別猶可消魂、況終此生之別乎、逢場別筵、同一夜中、恨鈌之懷、如何可言、只望珍重自玉、

玄川曰、忽忽不盡之懷、何日可忘、幸益加自玉、

退石曰、乍接淸儀、重和詩篇、慰喜殊深、今忽永別、悵惘奈何、

於是四學士起再揖、龍淵嗟嘆不止、余答揖而別去。

耶猶吾吾視猶公吾不信程朱猶公不信吾所學也吾何執吾是陳非吾之人耶恐起紛爭不敢論之吾所學學術非造次所悉也

玄川曰詩本性情若雕鏤而已則便不是詩不然則三百篇何以為三經之一耶幸深思之致力於本源之地

龍門曰吾所道者詩書執禮是非洙泗本源耶詩雖本性情則若宋人以議論亾溫厚和平之旨恐背三百篇旨矣公所諭必以余為專詩者乎必以為記誦文字之俗學也余深愧焉亦唯所學開口則牴牾諸公余所敢不論也摛藻若華亾益德行是所戒愼敢奉明教

玄川曰然縱有此等註解無益正心誠意術弊邦所不取也

龍淵和余詩曰著書今太史為厥古將軍數指此句笑而顧余

龍門曰有老杜憫曹將軍歌意也令余懷舊殆欲灑涙

玄川曰東州數十日得尊最晩賓席撓撓不能接永夕之懽只依稀識尊文雅有志之士而已今屬百年不再得之別恨然當如何之幸益留心於程朱之學以不負降衷之性幸甚幸甚

龍門曰所箴幸甚人心如面豈欲令吾面若公面乎公

龍淵曰退石蓮葉冠秋月玄川黑髮巾僕卽東坡道人冠也

龍門曰六一日本刀歌稱逸書百篇今猶存卽公等所知也先秦典籍徐福所齎竹簡漆書獨存　弊邦神庫中吾白石源公與辛卯三信使旣論之今不具列也若皇侃論語義疏孔安國註古文孝經王肅孔子家語註是等旣刊行此逸於中土全然存吾　日東好古學士崇尚之寧樂即南都吾　先王舊都有三大庫庫中多唐來珍籍若杜預左傳釋例中土不聞傳之蓋存庫中云公等想心醉濂洛之學不貴此等之書

龍淵曰李君文章奇士也僕偶忘其號也呉門雖是有明大家終非詩家正脉我　邦人不取

龍門曰衆之所不取而李公取之眞奇士也倉州博大古今一人其詩則僕有取焉有不取焉若文章則不可不取也

龍門曰公等見浪華木世肅乎曾請余詩題其堂友人松崎君脩作記且聞世肅請高文至浪華見此人則有知我也

秋月曰作詩不作文

龍門曰諸公所著冠名如何

是名儒之子孫不尋常書生也雖然吾黨多名士足下異邦之客不能悉其武庫若得見其人五兵縱横有不可犯者也何必令曽堂獨賈勇耶

龍淵曰兩公世德益見其趾美之盛須益勉勵無負歳寒之期

龍門曰晝間與雲我李君釐頃刻之歡其才翩翩可愛公幹鞅掌不能悉所懐矣此人準的王弇州是 貴邦所少也

龍淵曰雲我名願聞

龍門曰李君虞裳也

乎

龍門曰忠孝比屋至豪傑奇才千里比肩四海一士豈稱多乎想勞酬應耳

龍淵曰足下其寒山片石乎

龍門曰驢鳴犬吠旣已過賞不敢當之歸路取吾稿爲徐常侍故事則吾拙有所藏是則公之惠也

龍淵曰座中此君文章奇傑士也足下知之乎恐當面錯過有一咲醒（座中指接伴長老隨來那波氏魯堂者魯堂則那波活所之裔也）

龍門曰嚮此人訪吾廬旣定交矣魯堂所親之人在西京隨余學詩曾熟其名吾五世祖與魯堂祖同仕宗室

華山曰眉眼秀發似必有大才

龍門曰鑒賞過慮慚喜慚喜

又曰再得接盛儀則是竊幸也唯恨離別須臾別後各隔海濤之渺漫音信易通矣雖未臨岐吾魂已消長路艱難千萬自重

華山曰萬里永別無他語公珍重自愛

又到學士三書記房坐族夕湌竟龍淵須萊內與之飯終各復座退石呼劉龍門來龍淵探筐筆與童子

龍門曰諸公東來所遇文士知是許多恐陽喬不足飭

龍淵曰足下誤矣十室之邑必有忠信況數千里之邦

龍門曰午後有到諸學士之約夕間秉燭有訪雲我李君之約僕亦不能穩話

華山曰李公之文聞於 國中也古人有秉燭夜遊之歡二君之會必有泠語驚人者矣

又曰公家距此幾里隨來童子誰也

龍門曰弊廬距館總數里居在城東湯臺童子一則原克敏一則豚犬如璋欲拜諸公光儀故帶來

華山曰年

龍門曰原氏之子年十三好學精敏予視猶子豚犬年十五性鈍劣教導難施常恐文種之絕

龍門曰僕會於公最晩拙稿叨呈諸學士則覔知焉亦已愚矣恨拙稿不妥諭於公可悔可悔

雲我曰對俗人難説出世語對[illegible]者難言黼黻之美

龍門曰實論佳語

余辭去雲我戯以吾語曰迎夜可來米食可羞於是相揖而別到華山房

華山曰盛作巳和昨夜持來不逢故還持去

龍門曰璵和從龍岡所達之感謝不知所言

華山曰不圖再訪別詩之鄭重多荷多荷今日紛擾又如此無縁穏語之恨拙和少俟午間謝客後當付龍岡

雲我曰夜具一盂飯相待能來否

又曰知公多著書而未叩洪鍾故如是繾綣

又曰公携具笈益好然閽禁必嚴奈何

又曰謂公之平生所著也

又曰夜可復會各出著書評其得失如何

龍門曰僕不齎所業無便歸取昨以拙稿刻本數卷陋文若干贈之諸學士他日借覽之則庶幾知吾所志也

雲我曰無具眼者必覆醬瓿安得見乎

龍門曰僕未見諸學士之文體裁必宋人知不能超乗也故於諸公則不為論文矣

然則終志宋文靡弱者然公唱古文辭者恐莫齮齕之
害乎公宜防慮敢布腹心吾無衒文進取之意而竢死
後之鍾期而已
雲我曰王才甚高學甚博而懲何大復李空同不相能
盛相推詡世人遂並稱王李而雲淳漑曰王李文苑之
南面王也然文無二王元美獨王矣此言不可忽
龍門曰公卽呉郡身後之鍾期
雲我曰官事日繁不卜其晝公能秉燭來耶
龍門曰霖雨脩途未得夕飡竢夜再來吾腹枵然然一
夕千歲敢奉教

也衰矣偶聞足下所好與余心符矣所以來謁者豈有
他乎
雲我曰良工苦心僕亦手書數篋王李居多知者少不
知者多譽我者寡毀我者衆君子不顧獨立亡悶
龍門曰昌黎曰事修而謗興德高而毀來僕以為知言
也若王李二公在嘉隆之際唱古文辭時人不曉為何
等語甚則以為狂矣二公處之恧然豈獨王李二公猶
如韓柳二公而不顧人譏彈也其意蓋謂寧藉此買禍
要在千秋則奚所患焉豈獨韓柳太史公既有所論矣
乃丈夫本志當如此矣意者　貴邦必安科第之文不

雲我曰見其視下於帶息出於踵君子人哉

龍門曰華篇龍岡致之感荷感荷

雲我曰顛書可愧

龍門曰金峰持徂徠學則來爲贈足下也知否

雲我曰旣知之

龍門曰僕聞諸金峰足下於文章獨取嘉隆王李其尤所推重者吳郡爲宇宙第一也是卽有異 貴邦文士之選也其學術蓋亦有所見焉爲 貴邦重濂洛之學不欲言之僕亦有臭味之好年十七八之時欲購此書家貧不能得也日夜憤厲自寫四部稿滄溟集嗟乎今

荷華作即欲奉和而方有事使館未暇成章夕間更顧
則幸矣如難更來和詩當屬何人傳去耶望爲詳示
龍門曰僕可晤言公等不厭且夕奉謦欬也而諭以猥
倒瓊和何須託他人矣乃俟公等清間再趨下風
龍淵曰未可少選更來俟僕輩從使館來否
龍門曰敢不奉教
訪李虞裳房
龍門曰君雲我子耶僕即劉龍門也
雲我曰晴夜相逢不能記
金峰曰龍門松菴皆與僕善龍門富著述

默齋曰不勝悵悵

到學士三書記房

龍門曰昨始接芝眉歸後恍惚夢寐光儀伏惟冠履多

福爲道賀之唯是離別在今日謹賦一律呈諸案下聊

以爲贐他日諸公望海日之昇則賜遥念幸甚

秋月曰方進使舘幸更臨

龍門曰星軺祖道知在詰朝豈得再來耶

秋月曰午後再來可以和詩相別

龍門曰謹諾僕欲謁李君虞裳筆語終則來

龍淵曰前夜之穩尚爾慰荷卽又臨貺寵以贐章尤荷

默齋曰金刀漢高之說於君爲他日光色

龍門曰僕祖不播遷則僕不免淸人辮髮左衽也今見公等章服深有感謝肇測之言若吾　天朝禮樂憲章不失古制公卿大夫冠裳嚴然豈淸人所及耶

默齋曰然矣　朝鮮有箕子之遺風其他一從朱夫子禮文

龍門曰檀君箕子之裔如何

默齋曰檀君之胤既絶箕子之裔多存

龍門曰僕與諸學士有約且欲謁李主簿不得緩談想公等祖道甚逼千里一別千萬自重

復齋曰久廢之餘豈可驚嘆

默齋洪善輔來

龍門曰疇昔之夜草率相逢訪華山子戾玄話及數刻不盡鄙衷於君遺憾遺憾瓊報從龍岡達深荷繾綣之情何以堪之

默齋題五絶便面贈

龍門曰扇頭題言殊及家系慚喜併集

默齋曰見君世系為之嗟嘆

龍門曰唯是流離遐裔於今瑣尾墜家聲甚忽蒙盛慰可慚可慚

東槎餘談卷之下

南紀 劉維翰文翼輯

筆談

三月十日再到賓館訪龍岡居所復齋先在座

復齋曰僕姓金名應錫字奎伯號復齋新羅王之後也以弓馬出身曾經萬戶今方隨來副使爺聞公帝室之裔王孫流落可憫祚微能無絶而至於公耶

龍門曰瓜瓞緜緜幸續家系唯是式微嗟嘆忽蒙慰問悚慚

又曰昨於東山觀公之射騎甚可驚嘆

於是相揖而別到龍岡所居夜既八鼓
小童萊山來頗善書請得數帋
時鼓樂起階下絃管儈儜倚欄聽久之而去
龍門從奴在下廚雜韓奴居韓奴數指口撫腹從奴頷
韓奴乃饋一盂飯炙雞肉二大塊從奴受肉反飯云

東槎餘談卷之上終

華山曰軍官

龍門曰煩足下乞畫君幸掃二紙 華山取之亦西巖

西巖曰明日來依示

龍門曰明日來未可知幸許之

華山曰畫君倦甚不侮勸成之小待二丈成後携歸

西巖畫蘭竹贈龍門

龍門曰所乞之畫得既幸甚深夜妨寢余將辭去諸公自重

華山曰所願者重得面晤幸君再臨焉

龍門曰必不誤再訪

麥生之其所聞梗槩若此

隣房時有諷詠之聲

龍門曰所歌詩乎

華山曰非詩也詩與歌異

龍門曰然則何等

華山曰歌人之聲或男女相思或風月花鳥之語無定之調

龍門曰然則風謠

華山曰然

龍門曰所歌何人

昨於東山觀貴國人馬箭者以珠鉤衣襟則與此同也

華山曰其國距貴邦水路乎陸行乎幾百里也

龍門曰其國在大西洋水路三萬里云其人善操船視海若陸駕大船所至萬國之中三百餘國交易貨物其國崇天盖其道別有所建矣有文字如篆籀行草諸體者左行橫書之蕃書不可讀其人製諸什器皆精巧鳥銃有不用火繩機發出火者又精天文地理云此人每年季春貢獻於 都今來在 都下諸公不得見焉其人不食米飯唯喫麥餅獸肉牛乳耳其國五穀不生惟

東槎餘談 卷之上 十二

龍門曰海外諸蕃鱗次集吾長崎港余未得遊彼地未見殊方人物且今與諸公邂逅少償壯游微志也歐邏巴部有喝蘭地又作和蘭其人長身白皙紅毛藍瞳象鼻以毛布爲服筩袖窄袗氊笠皮屨余曾見之形様情態不類此方之人也　貴邦此人至也否

華山曰如此人物不但不見曽所未聞

又曰爲異聞携歸録之（華山剪余所書藏之囊中）

龍門畫其形様贈之

華山曰身上如聯珠者何物

龍門曰是鉤兩襟之衣紐也曽聞尊者用鏤金或銀余

華山曰以正使強迫故不得已隨來而此行固非儒士所毎當者先壠無人洒掃而經歳遠遊霜露怵惕海嶽壯遊異域奇觀亦非所樂古人所謂雖信美而非吾土者也所謂嚢中物本無長技道途間雖或有得皆不免草率又方以拙筆需索逐日滚汨既非寫官又無才能而一時顏面未能揮却唯自笑歎而已

龍門曰僕亦流落之裔遠遊之客乃雖 日域中桑梓距於 東都數千里先壠蕪穢之悼遅暮坎壈之歎先途可悲矣今誦足下所示則不覺悲惋

華山曰情懷如許役役又如此每見高士閑人不覺忸怩

華山曰諸學士亦與唱和否

龍門曰然唯恨日晷有限不能悉所懷千里海外文驩

諸公分手非遠他夜夢寐中吾魂應渡溟渤

華山曰彼此一般懷

龍門曰君所著高後八卦冠乎

華山曰然俗稱之高士巾

龍門曰游子悲故鄉然奉使殊域不辱君命以報懸弧志男兒本懷可謂壯也况足下以族姪之親隨正使臺來乃無員役之煩則嘯傲異邦之江山豈其無所助乎自今文藻蔚然滿行囊者眞可羨焉則此行風流足

勇可怖者 貴邦遭虎災者多乎否 時畫員於燈下圖虎故云

華山曰 弊國山林間多有此獸或有被害者而謹慎則無災

龍門曰足下見虎乎

華山曰弊居非深山生者未見而捉斃者多見

龍門曰余讀 貴邦諸名公之詩平壤佳麗大同江乙密臺浮碧樓永明寺諸勝景致可想今對足下吾魂縹緲若遊其境

華山曰平壤即前朝國都繁華富麗則至今有之至於風景則不如關東也所謂關東即江原道也

可見也

華山曰未歸前可復更奉乎然則幸甚

龍門曰固所願也必不誤再來之約

又曰所呈拙詩高和成否

華山曰謹當和足而蕪拙預愧則明日俟隙送付龍岡所

龍門曰然則他日裝之爲家珍慰西望相思之情

華山曰甚可恥

龍門曰　貴邦有虎　弊邦無之故畫之者所謂想象不免類狗之譏也今觀畫君之圖則其形様可想實況

弊邦專尚濂洛之學見異端牴斥之
龍門曰仁齋徂徠非左祖陽明象山者也各有所見別
立門戶矣其學術見所著之書今不具悉焉吾 邦儒
者有崇尚二家者有尊重程朱者爲王陸學者甚少
天朝搢紳君子至今從漢唐經義是 貴國王仁携五
經來始闡儒道之餘敎也其後擇俊秀者西學于中土
如晁衡身仕秘書省與王維李白周旋晁衡之詩見文
苑英華作朝衡是也其他學于中土者不暇枚擧也若
濂洛之學其所行不過二百年耳今也所學以人異矣
如諸家之說則非頃刻可論也故不具悉要讀其書則

華山曰誠然

龍門曰奴兒罕部是清之所起知與 貴邦接壤遠近

邦俗如何

華山曰此等酬酢無益而徒増感慨請做他閑話

龍門曰座中金峯與余所善之人

華山曰僕亦知之

龍門曰曾聞仁齋徂徠之著書傳 貴邦何如

華山曰弊邦無傳來之事今番渡海始聞 貴國崇奉

爲賢人而但其學術非正路攻斥程朱而左袒於王陽

明陸象山之論云學術若不正則文章雖錦繡何取

華山曰具悉示意令人有惝悵之思

龍門曰萬國之中常用冠服者 貴邦與琉球耳

華山曰弊邦至今雖不失章服未免臣清是烈士激烈所以慷慨 華山笑示之而分裂所書

龍門曰吾 邦僻於東海中崛起不稱藩於異國 天朝文物制度至今不墜地正朔布海内 人皇之祚與天無限三公九卿百官有司世祿續職自古武臣驍勇犯順者屈膝稱臣視之若神是非萬國所及也宋太宗嗟嘆吾僧奝然之言則不宜乎僕雖中土遺種是深所畏敬矣

人必是公之同源也劉姓海内外無他族云矣
龍門曰想其祖自華入 貴邦者
華山曰然夜深難招其人不然則令公結同派之好
龍門曰僕雖系帝室於今為庶餬妻孥於講誦之中貧
賤同編户之氓常惕惻恐辱祖令茲受盛問頭面赧然
流落之裔何面目則對同姓人也況生長斯土衣裳隨
邦俗矣雖才學兼備試第無路棲棲老村學究之列也
只慚頂髮開塘項髮纔堪一簪豈與清人辮髮有辨乎
堂堂先王禮樂之邦吾祖所出然如此矣吾亦何言吾
幸生長 日東不混胡俗此竊所喜也

覽之則幸甚

華山曰他日借覽深所願也

龍門曰若有暇則為僕題一言托之龍岡

華山曰歸日甚窄然覲勢奉副

龍門曰君齡幾許令胤幾位在

華山曰無用之齒今已五十有四有二子不育只有一二弱女矣

龍門曰掌珠毀傷眞可痛悼僕有二男二女一男眞豚犬一兒不覓梨栗耳

華山曰公有兩珠可謂福人也吾行中亦有姓劉者數

華山曰偶爾草率之得至經高眼可愧可愧古人有以
一字定交者今足下毋問毋諭豈尋常酬唱客之比乎
留此已久散行不遠深恨相見之晚也
龍門曰雖鄙衷亦然深厚知己之言海外交誼何時忘
之
華山曰前書俯問姓號及來此職名而未及對不侫姓
趙名聖賔本無自號而居在花山故人稱花山子今行
以正使族姪隨來而自以儒士不欲托名於員役之列
故無官職名色矣
龍門曰僕所著稿刻本拙文若干呈之諸學士他日借

華山曰君與龍門有故耶

龍岡曰龍門吾師也

華山曰然則達鄙意而可也

余聞華山在畫員西巖房來見之

華山曰足下未見面而投詩已極多感而又聞帝室華冑流落海外而不失文墨之業尤可嘉歎

龍門曰蒙褒賞多荷多荷初見足下題富嶽詩已是異尋常韓人之撰也欽慕實甚今日邂逅適我願矣

華山曰富嶽拙詩何處見之

龍門曰驛路供公鞍馬者持來示之

秋月曰僕輩豈不欲與奇士竟夜臨歸自多治任之撓不能久久相留別思令人黯然

龍淵曰良夜之穩未了異域之別遂成悵悵何可言於是相揖而去

嚮余屬龍岡贈詩趙聖賓此日華山示龍岡曰僕聞龍門來欽遲久之不知在學士之許否請見其人達吾意

華山曰龍門已去耶有客不出見悵悵

龍岡曰猶在製述官之所君可往見此人文章有別才

華山曰製述官之房甚紛擾又夜深明日可見則好矣

龍岡曰以君言傳龍門卽來訪耳

龍門持扇請書於玄川退石

退石曰筆拙敢辭

龍門曰豈論巧拙可代他日之音容也

退石曰他日替面之次則一詩足矣便面之題斷不可書

玄川曰手拙眼昏所書愧拙劣

龍門曰何關巧拙他日藏篋笥永以爲珍矣

玄川題二絶於扇頭爲印朱不乾披而置座右旁觀無賴之徒抄取而去

玄川曰惡少年誠可惡也尚有詩章可以當百年面

龍門曰夜深妨寢僕將辭去

為贐幸納

秋月笑頷即呼小童金龍澤使捧筆墨以報

三書記自探筐中筆墨而報

龍門曰木桃之贈報以瓊瑤何以謝之他日文房玩之

不忘諸君之交誼也

龍淵曰鄭紵呉縞禮尚往來足下何庸謝為薄物只覺

慚悚

玄川自執朝鮮帋扇子贈之

秋月龍淵題詩便面贈之

龍門曰輙當奉揚二君高風也

龍門曰然則 弊邦傳說之誤也

又曰諸君所經過諸邦苟志操觚者孰不延頸佇立淬礪

筆鋒者長路億傾加旃應酬無暇方知殆廢寢食少年輩

啗名士若蟻慕羶肉然公等議論若涌鳴毫激電神氣益

壯不見疲困孰不避光焰也

退石曰荷眷至此何感如之厚蒙感褒羞愧欲死

玄川曰夜深將別悵悵

龍門取細刀二握西京製便面二柄各贈之

秋月曰雖一物不欲領之敢辭

龍門曰諸君有破廉之嫌乎不腆之儀豈足辭之聊以

羅氏共新羅之裔也余讀懲毖録有此 邦人留 貴
國者其種今存否
秋月曰應亦有之然編户之賤何以知之
龍門曰東國通鑑五十七卷上始檀君下盡高麗曾聞
徐文忠公等新脩補定上箋以進然則貴國之乘也且
聞此書亡 貴國獨存 弊邦不知然否是萬曆壬辰
之役搶奪之物也水户義公刋之布世 國有禁吾力
不能贈之爲恨矣
秋月曰東國通鑑吾邦有之 貴邦之流傳想是兵間
搶奪之本而弊國旣有之何必更得見異方本乎

手精巧未傳之

龍門曰 貴國樂中有嵇琴若得觀此物耶

龍淵曰在樂工所夜深難取來無如何

龍門曰 弊邦 貴國之遺種多有百濟高麗新羅三氏多爲伶官也

秋月曰三國子孫頗有存者云然渠輩豈知首丘之悲乎

龍門曰三國子孫在吾 先王之世爲搢紳者不少焉其族姓在諸蕃部萬多王之所録可見也新羅之裔今爲藩侯者稱山口氏則周防國舊封之名大内氏多多

玄川曰伊川被髮千古傷懷

龍門曰　弊邦聲樂有三部又有神樂風謠一爲隋唐遺音是吾　先王遣使隋唐而所傳來實爲三代之遺也一爲高麗之遺譜卽是　貴邦之樂余頗有聲樂之好也高麗部所用之笛携來供玩與　貴國行中之笛不相似

龍淵曰誰人物耶

龍門曰從伶官借來

龍淵曰與我邦笛不相似君能弄之耶

龍門曰我所弄者隋唐部之笛比之大也高麗遺譜繁

金峰(卽宮子亮)先在坐曰龍門富著述與余善

秋月曰龍門著述名下無虛士余來日東見詩多矣未易得龍門之韻佳佳佳佳

龍門曰余雖漢室之裔於今爲虜餬口東脩瑣尾不足言吾祖若不播遷則余生長中土或科試取第章服嚴然若公等矣然今生于日域不用清人之章服幸免辮髮左衽之俗也維翰雖亡國之餘獨所欣悅

龍淵曰神州流湯志士同之弊邦獨全衣冠龍門思漢之涙當不自禁

龍門曰對君語感念前世殆欲歔欷

龍門曰不侮菲劣大業艱苦唯是吾黨妄推薄技門人強刻拙稿遺臭千秋初稿六卷二稿詩部三卷謹呈案下幸携歸傳之 大邦也文部三卷旣附剞劂未竟其工不得呈之以為遺憾矣外拙文自寫呈之男兒輕離別此別則不然殊域異壤再會無期別後拙稿不棄擲則幸賜遙念

玄川曰高韻當和奉而盛稿僕輩多撓又方治任將歸未暇覽携歸而仰高風恕之

秋月曰新知生別昔人所悲然盛作携歸可以時時想見

又曰僕爲諸君可賦野有蔓草也僕曾大父仕于紀藩從族述職在于東都與　貴國學士翠虛成先生相會以筆換舌僕在戊辰之年與矩軒朴君濟庵海皐李二君結海外之交今復與諸君邂逅實適余願矣可謂世續芳躅也朴李三君無恙否歸　國則煩諸君達鄙意

秋月曰龍淵翠虛翁從曾孫朴李三君並無恙歸當致盛意

龍門曰與翠虛君從曾孫復結千里神交甚奇緣

龍淵曰萬里論交已極慰幸而況重之以世好乎此夜清讌儘一奇事

續而來吾 邦漢室之裔於是居多僕其一也 天皇
賜僕祖以近江國石鹿郡（後世爲志賀郡者）爲采地是爲石鹿
劉氏子孫緜緜世仕 天朝有爵祿曁 皇綱頽弛兵
革屢起遂失封爵於今爲庶僕幼志學壯而遊東都辭
藩侯之聘棲遲衡門教授爲業
龍門曰使軺萬福茲及此都爲諸君賀之僕聞諸君之
東郎欲執名刺趨館下以接光儀也 國有法憲不能
攀高館矣僕與加藤侯藩大夫加藤龍岡者有舊也偶
過其舍問於寒暄且有識對馬紀伯麟也故得咫尺公
等以慰夙志矣則幸甚

東槎餘談卷之上

南紀　劉維翰文翼　輯

筆談

明和元年甲申之年二月朝鮮國信使來聘於是三月四日因大洲大夫縢成章字子文者到客舘同七日請對馬裁判官紀國瑞字伯麟者謁學士三書記

名刺

僕姓劉名維翰字文翼號龍門南紀人年四十六僕祖爲東漢獻帝之孫及魏受禪曹丕廢帝孫於是吾祖當吾　應神天皇之朝航海歸化此時植靈二帝之孫相

東槎餘談　卷之上　五　上緑雅富識

寫眞
七
通引小童給仕官人房
奴僕各給其主
官人十三員并小童奴僕各寫其眞爲好事遺之

醫員前典醫
監生副司勇
從九品南斗
旻字天章號
冊崖英陽人
乙巳生四十
齡
東槎餘談

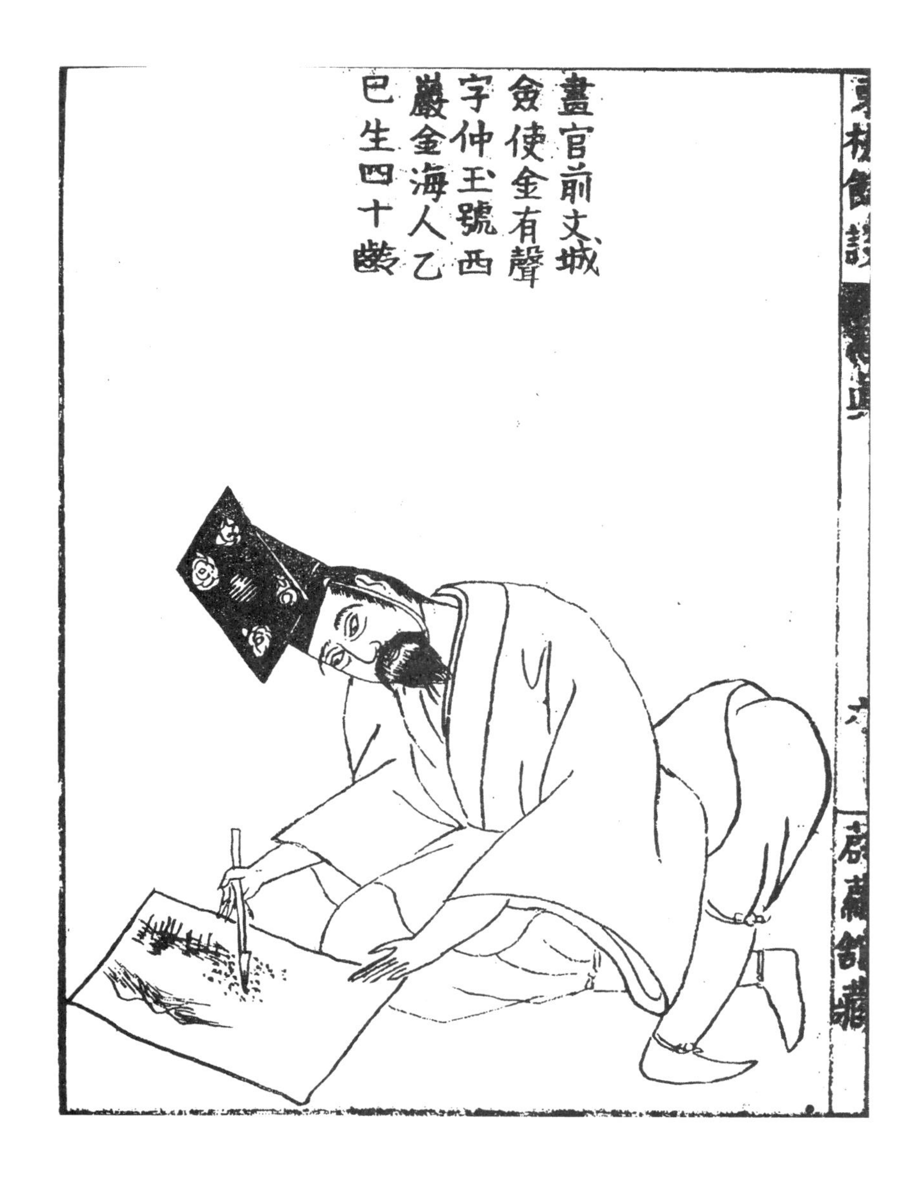
東槎餘談
畫官前文城
僉使金有聲
字仲玉號西
巖金海人乙
巳生四十齡

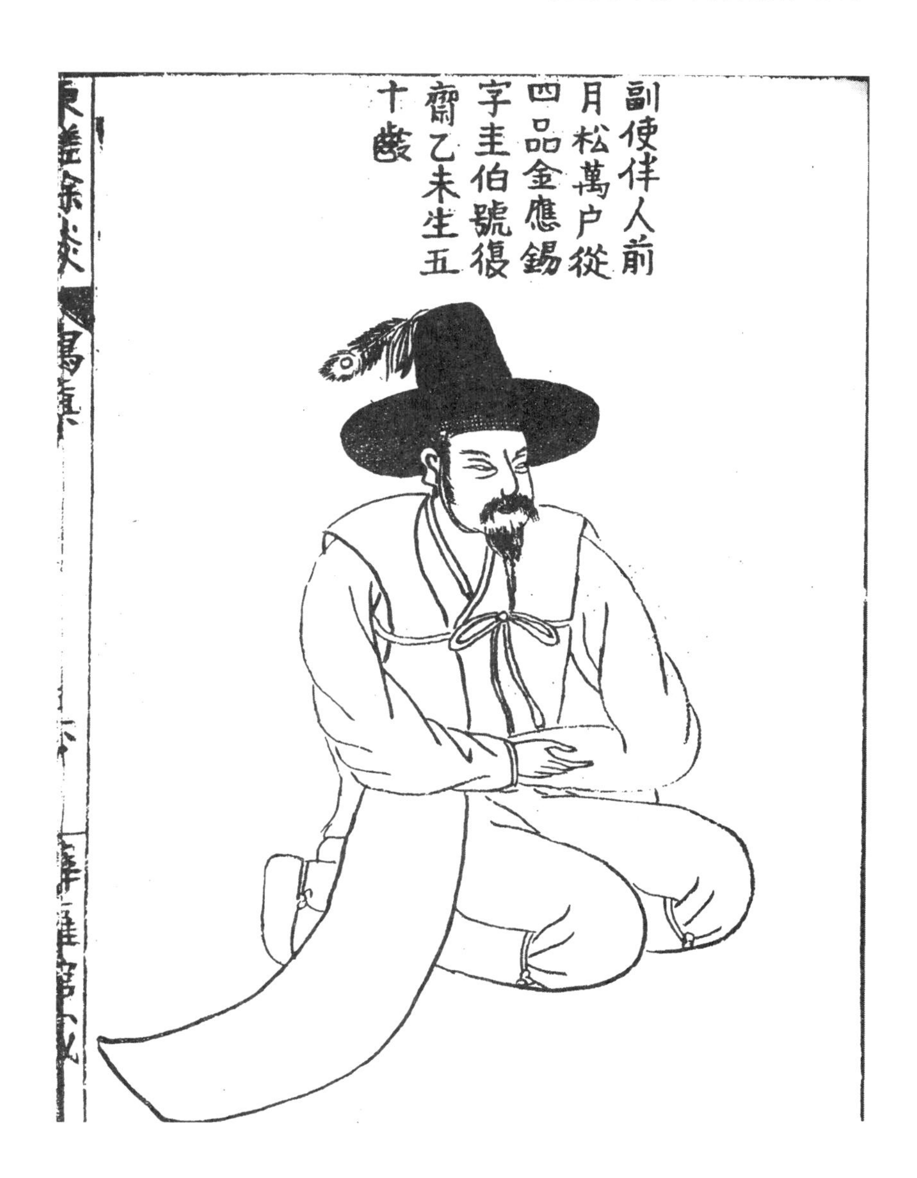
副使伴人前月松萬户從四品金應錫字圭伯號復齋乙未生五十歲
東槎餘談

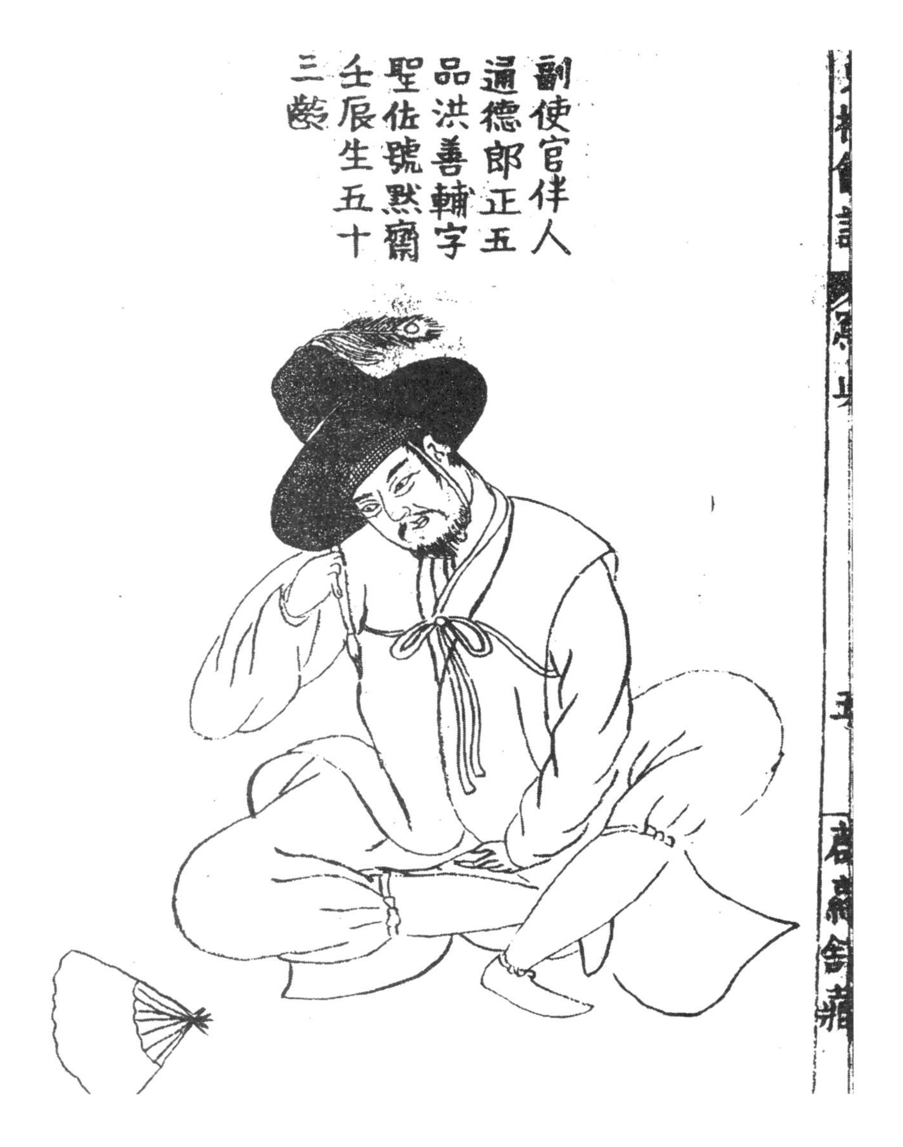
副使官伴人
通德郎正五
品洪善輔字
聖佐號默齋
壬辰生五十
三歲

正使伴人通
德郎正五品
趙東觀字聖
賓號花山或
花川辛卯生
五十四歲豐
壤人爲正使
叔父爲觀國
來
東槎餘談
寫眞
五

押物判事前
漢學主簿從
六品李彦瑱
字虞裳號曇
寰或雲、我、或
誕登子雛林
人庚申生二
十五

押物判事前
司譯院僉正
從四品劉道
弘字士行號
水軒清州人
戊戌生四十
七歲

次上判事前
司譯院僉正
從四品李聖
欽名命知號
松潭又號碧
霞金山人戊
中生三十六
齡

上判事前司
譯院僉生漢
學上通事從
四品吳大齡
字大年號長
滸海州人辛
巳生六十四
齡
東槎餘談 寫眞 三

從事書記成均進士金仁謙字士安號退石安東人丁亥生五十九歲
東槎餘談
寫眞
君臣鍾鏞

副使書記前
長興庫奉事
從八品元仲
擧字子才號
玄川原城人
己亥生四十
六歲

正使書記前
銀溪察訪從
六品成大中
字士執號龍
淵昌山昌寧
人壬子生三
十三歲

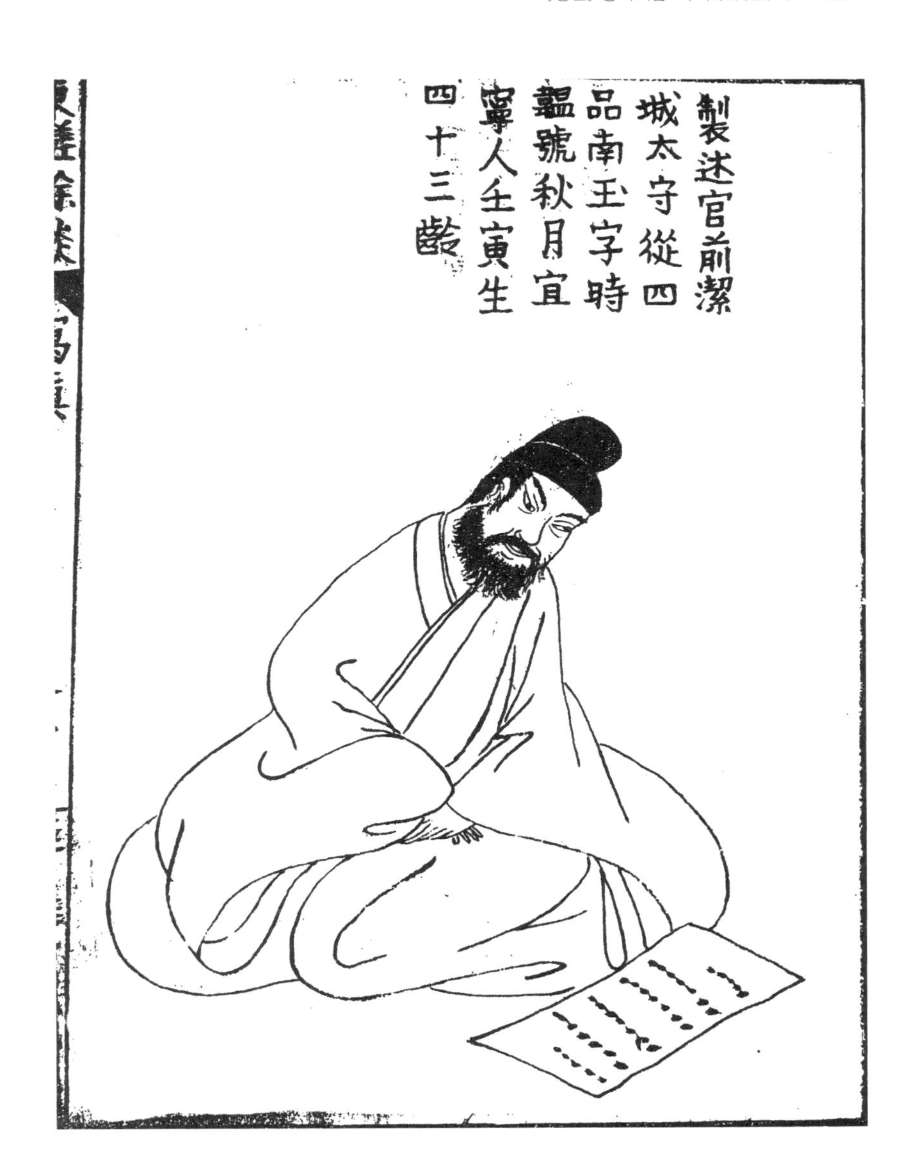
製述官前潔
城太守從四
品南玉字時
韞號秋月宜
寧人壬寅生
四十三齡

劉道弘 字士行號水軒清州人押物判事 前司譯院僉正戊戌生年四十七

李彦鎭 字虞裳號曇寰或雲我雞林人押物判事 前司譯院漢學主簿庚申生年二十五

趙東觀 字聖賓號華山齋或華川豐壤人通德 郎爲正使叔父爲觀國來年五十四

金應錫 字奎伯號復齋前月松 萬戶副使伴人年五十

洪善輔 字聖左號默齋通德郎 從事官伴人年五十三

南斗旻 字天章號冊崖英陽人前 典醫監生乙巳生年四十

金有聲 字仲玉號西巖金海人畫員 前文城僉使乙巳生年四十

日本

劉維翰 字文翼號龍門南紀人巳亥生年四十六

朝鮮

南玉 字時韞號秋月製述官前潔城太守壬寅生年四十三

成大中 字士執號龍淵昌寧人正使書記前銀溪察訪壬子生年三十三

元仲擧 字子才號玄川原城人副使書記前長興庫奉事巳亥生年四十六

金仁謙 字士安號退石安東人從事官書記成均進士丁亥生年五十九

吳大齡 字大年號長許海州人上判事漢學上通事前司譯院僉知辛巳生年六十三

李命知 字聖欽號松潭又號碧霞金山人次上通事前司譯院副奉事戊申生年三十九

東槎餘談 卷之十 三 蔚嘉藏

人接得席上筆話者數十紙記以傳諸好事士云爾時

明和元年甲申之歲夏六月南紀劉維翰書諸卷首

馬今番韓人豈無所父耶今也文教大闡五尺童子苟
操觚者非昔日阿蒙也古者擲世龍於武事有所懲毖
馬今亦韓人於文事有所懲毖焉延享之聘擇成均之
才從文事今所來之學士或縣監或察訪成均進士退
石一人耳要擇八道之才此其證也東郭以來始有秋
月此非特賞韓人亦為吾　邦文士吐氣矣近者有以
韓人之詩比尾石者此吾所謂糠粃簸颺而汎應者也
吾試誦諸子所唱酬盡尾磔也非沙汰之則不當風雅
之觀矣唯贈吾黨詩可諷誦者多亦似留意於此也然
則韓人妍媸要在和者吾幸生不諱之世數得與異方

繞應需揮染不少拒之大要賦詩贈馬項刻所就數十首俊逸可愛矣雲我儁容少年無鬚髯言笑可愛韻悟發眉宇間其所吐納非宅瑣瑣比也志古文辭崇尚王李則謂學士書記俗人不足取焉復齋儀貌整嚴雖軍官服様令人畏敬焉其他諸子温厚文弱無圭角發言貌也夫韓人文學雖天性豈無婌慝之異乎吾不論之若其章服傚明制之遺勝胡清之俗者萬萬矣故吾不於其學術詞章論之衣冠文物吾深有取焉夫延享從聘諸學士逡巡避我筆鋒者抑有故也彼爲以我有尚武之俗則謂我視文事若弁髦矣而不戒愼不覺取敗

人隨余導到學士三書記房譯人諭之各相揖而竟余
投名刺率爾賦詩而贈焉諸學士各白帢黑鬃巾坐皮
褥秋月短小黙而侈口多髭頫目光奕奕傍射風神豪
雋頗似凌傲人者也龍淵綠鬢白晳佼而婉無鬚髯形
神俊邁善言笑令人想衛洗馬矣玄川王立秀雅少髯
鋭面瀟灑可敬退石豐下黑面圓眼多髯恂恂如鄙人
罷勉應酬要之則秋月龍淵風流而雅玄川退石徃徃
露頭巾氣象宛然有道學先生之風也華山方面少鬚
體貌煕梧温厚有儒士之情態黙齋姿貌鴻大敦面少
髯磊落不羈驄笠戰服揭膺闊步望之甚偉請書者圜

強弩試儆獸乎寧不得已吾安能傚白面少年之伎倆
耶既而韓使入都文藝之士皆若狂吾未知其樂也初
大洲大夫龍岡君從余而學且相善時庠為客舘使大
夫隨而在舘於是携豚犬如璋問寒暄輒過客舘縱觀
諸僚房與小童下僚戲語調笑彼神領意得頗有操我
語者不假舌譯言談數刻及暮而還猶未有與彼唱和
意也偶吾友宮子亮與諸學士會携其稿來訪余讀之
則知視諸延享諸學士者天壤矣卽子亮談其事者呢
呢不止於是少年故態復發技癢弗已又因龍岡君遊
客舘且有知對馬裁判官紀伯麟者因告之伯麟呼譯

明和元年甲申之歲春二月朝鮮國信使來聘其所過之
郷學士大夫搢紳先生苟挾筴操觚者各摛其藻而唱酬
焉蓋舊例也於是東都諸文學舐筆待之吾黨少子嬉嬉
欲驗其奇者何限諸子皆將養勸之余笑曰諸子大抵宿
搆其藁以誇國有人矣且預持難答者試之至彼不置對
則傲然謂韓人大憊矣又有一試其所蓄得片語褒賞則
以為終身之榮者多忿呶爭訟乃止乃韓人大賔於余若
我禮何况延享之聘客氣未消徵末技於彼彼取其糠粃
而簸颺焉一發問則彼遷延避其鋒且遁辭汎應不暇眼
食矣又稱有幹事進使館而去余懲其若是則謂豈足以

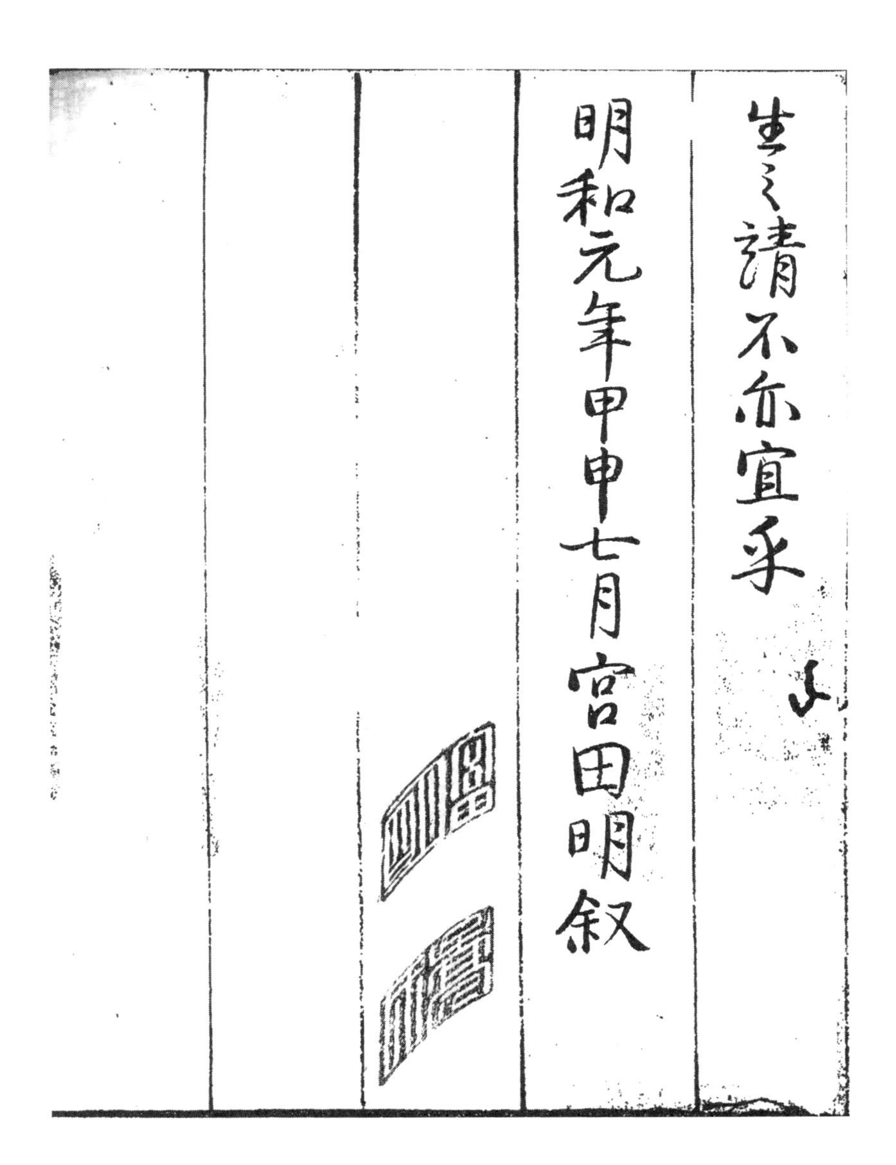
生之請不亦宜乎

明和元年甲申七月宮田明叙

東槎餘談 序

懇請梓之以息謄寫之煩劉君不得不
聽遂使余叙其由焉夫之文章居于世集
院盛行則此僊之者固不足道也第乃
輝華胄於絕域擒國姓于異壤所謂
事之奇者足以傳諸世何不可之有門

何以嘗吾技也雖然親聽其語縱觀其
貌亦足以廣耳目矣余與劉君龍門同
見韓客劉君所唱酬若干篇不屑傳
之人棄東机於門人自備私錄以秘于
帳中外人探而求者不數人而絶是以

使来聘遵舊典也吾徒草莽之民不
得與觀享禮之盛竊及私覿論難請問
詘彼信此非
國家所以重賓之意固不可為也亦
唯詩以言志筆以為舌雅言清談而已

其餘英士俊民賈餘勇者世不乏
其人也且夫文明百年鉅儒輩出
載籍悉備詩書之教禮樂之化有
以自足無求於外蕞爾韓土安能較
我夷考彼此敢以爲徵今玆仲春韓

毫簡以代干戈摛詞藻而易擊刺
彼內屬中國自視猶華蓋莫不謂
龍鬪虎爭褰旗執馘武人所能屬
事比辭繁文綺合我則有過焉然
羅山子折衝經苑白石氏鏖衆翰林

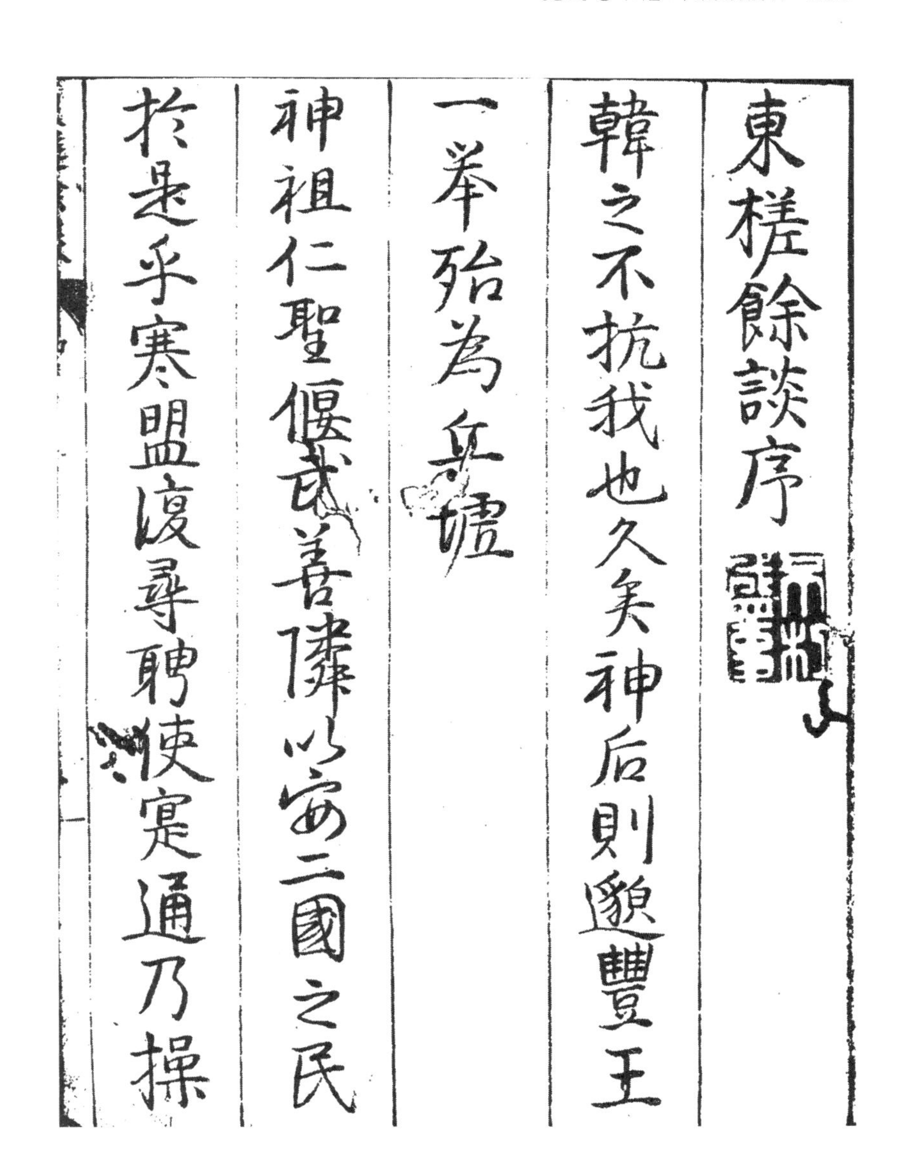

東槎餘談序

韓之不抗我也久矣神后則邈豐王

一擧殆爲丘墟

神祖仁聖偃武善隣以安二國之民

於是乎寒盟復尋聘使寔通乃操

禁者文異之性爲幽之其業之輕重
不關此卷雖幽則無謂易與難
其易者乎 明和甲申秋太宰
井孝德撰

一接見人情爲然況彼絶國之
人而應專對之選者乎聞者
不歡見之者非人情也況此卷
一再見之後重僚遂候别之
感含悽出自發情形服如江下不

東槎餘談 序 三

相佞而阿私席陋靈許る於
不知者則喜不曷于為言某文
異國不假優為之重難是絶
國之人問其俗聞其風則難其
曷者也凡操觚者多馳名于時

其雅馴以之正聲之音而次序之不復續緝則或述院本之流若是則豈不難于起筆哉文撰固慷慨當氣以古文辭鳴子一世則易厭雜言也極薦少年

之憂經年之久所過諸侯王
之國縉紳何限登綴緝案冊不
可指數亦甚理也雖屬於遇合
其難者蜀何也方館舍之餘、
擾、不暇擇辭問致不雅馴即

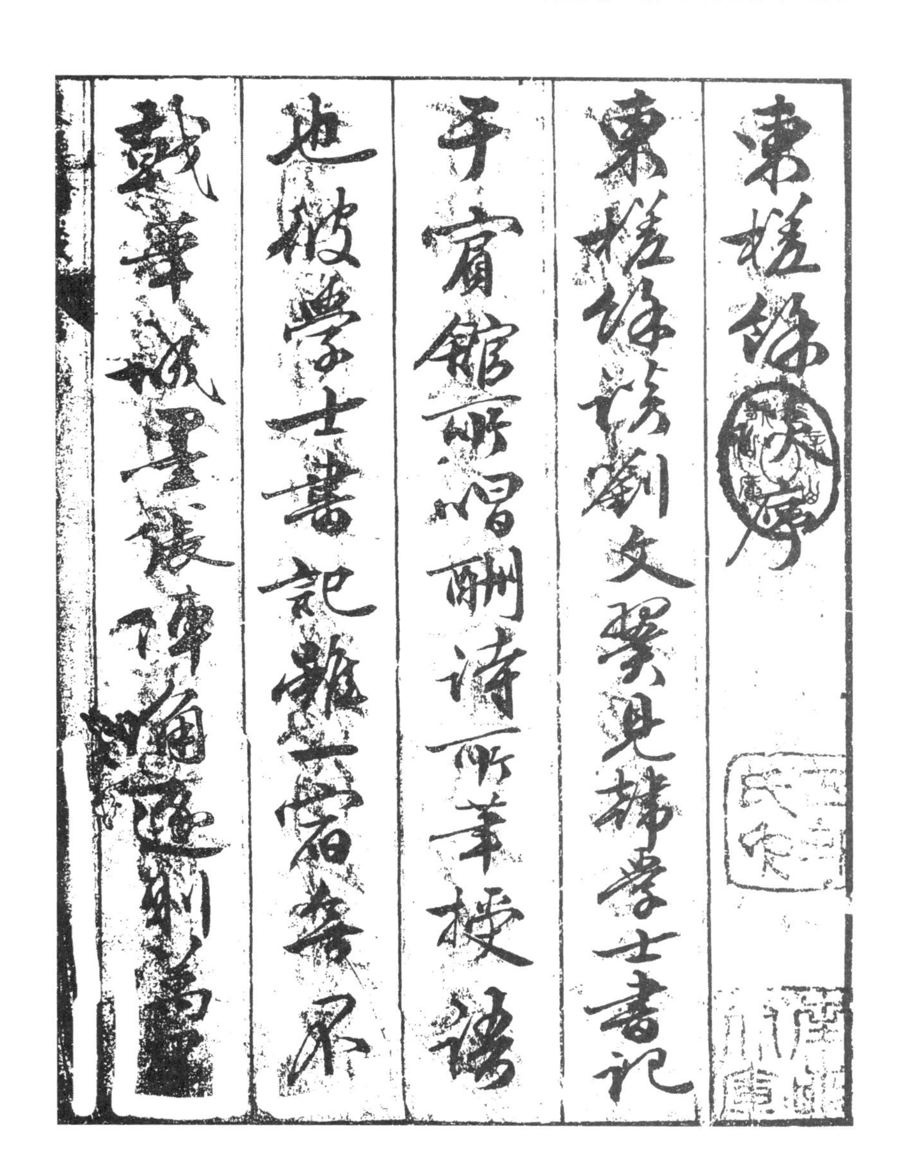

東槎餘序

東槎餘談劉文[illegible]見[illegible]學士書記

于賓館所唱酬詩所筆語

也彼學士書記雖一[illegible][illegible][illegible]

戴華城星使[illegible][illegible][illegible][illegible][illegible][illegible]

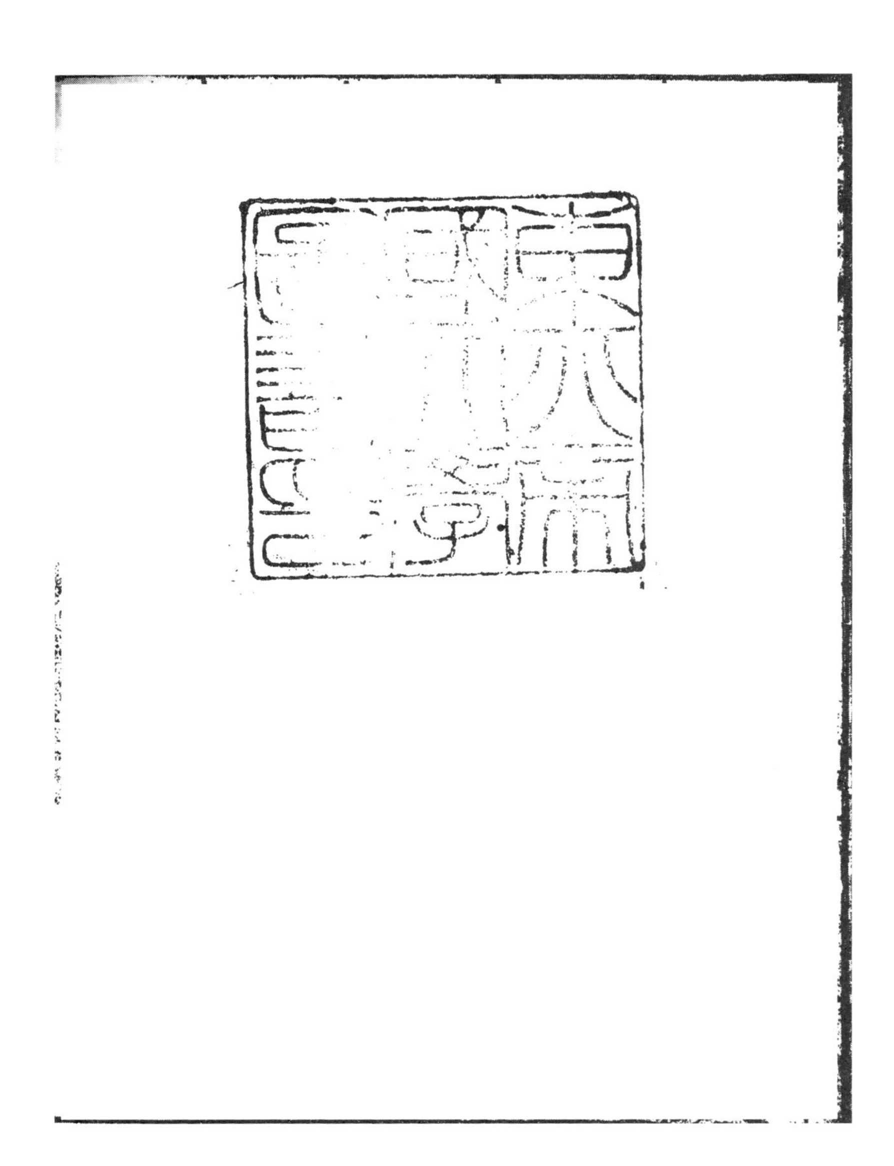

東北大学附属図書館
狩野文庫 蔵 自筆本

伊 2
25
特別

【영인자료】

東槎餘談

여기서부터 영인본을 인쇄한 부분입니다. 이 부분부터 보시기 바랍니다.

조선후기 통신사 필담창화집 번역총서를 간행하면서

20세기 초까지 한자(漢字)는 동아시아 사회의 공동문자였다. 국경의 벽이 높아서 사신 외에는 국제적인 교류가 불가능했지만, 문자를 통한 교류는 활발했다. 중국에서 간행된 한문 전적이 이천년 동안 계속 한국과 일본을 비롯한 주변 나라에 전파되었으며, 사신의 수행원들은 상대방 나라의 말을 못해도 상대방 문인들에게 한시(漢詩)를 창화(唱和)하여 감정을 전달하거나 필담(筆談)을 하며 의사를 소통했다.

동아시아 삼국이 얽혀 싸웠던 임진왜란이 7년 만에 끝난 뒤, 조선에 군대를 파견하였던 중국과 일본은 각기 왕조와 정권이 바뀌었다. 중국에는 이민족인 청나라가 건국되고 일본에는 도쿠가와 막부가 세워졌다. 조선과 일본은 강화회담이 결실을 맺어 포로도 쇄환하고 장군이 계승할 때마다 통신사를 파견하여 외교를 회복했지만, 청나라와 에도 막부는 끝내 외교를 회복하지 못하고 단절상태가 계속되었다. 일본은 조선을 통해서 대륙문화를 받아들일 수밖에 없었고, 그 방법 중 하나가 바로 통신사를 초청할 때 시인, 화가, 의원 등의 각 분야 전문가를 초청하는 것이었다.

오백 명 규모의 문화사절단 통신사

연암 박지원은 천재시인 이언진(李彦瑱, 1740~1766)이 11차 통신사 수행원으로 일본에 다녀온 지 2년 만에 세상을 뜨자, 이를 애석히 여겨 「우상전」을 지었다. 그 첫머리에 일본이 조선에 다양한 전문가들로 구성된 문화사절단을 파견해 달라고 요청한 사연이 실려 있다.

> 일본의 관백(關白)이 새로 정권을 잡자, 그는 저축을 늘리고 건물을 수리했으며, 선박을 손질하고 속국의 각 섬들에서 기재(奇才)·검객(劍客)·궤기(詭技)·음교(淫巧)·서화(書畵)·여러 분야의 인물들을 샅샅이 긁어내어, 서울로 모아들여 훈련시키고 계획을 갖추었다. 그런 지 몇 달 뒤에야 우리나라에 사신을 파견해 달라고 요청하였는데, 마치 상국(上國)의 조명(詔命)을 기다리는 것처럼 공손하였다.
>
> 그러자 우리 조정에서는 문신 가운데 3품 이하를 골라 뽑아서 삼사(三使)를 갖추어 보냈다. 이들을 수행하는 사람들도 모두 말 잘하고 많이 아는 자들이었다. 천문·지리·산수·점술·의술·관상·무력으로부터 퉁소 잘 부는 사람, 술 잘 마시는 사람, 장기나 바둑 잘 두는 사람, 말을 잘 타거나 활을 잘 쏘는 사람에 이르기까지, 한 가지 기술로 나라 안에서 이름난 사람들은 모두 함께 따라가게 되었다. 그런데 이들 가운데서도 문장과 서화를 가장 중요하게 여기지 않을 수가 없었다. 왜냐하면 그들은 조선 사람의 작품 가운데 한 글자만 얻어도 양식을 싸지 않고 천 리 길을 갈 수 있기 때문이었다.

도쿠가와 이에하루(德川家治)가 쇼군을 계승하자 일본 각 분야의 대표적인 인물들을 에도로 불러들여 조선 사절단 맞을 준비를 시킨 뒤, "마치 상국의 조서를 기다리는 것처럼 공손하게" 조선에 통신사를 요청하였다. 중국과 공식적인 외교가 단절되었으므로, 대륙문화를 받아들이기 위해 조선을 상국같이 모신 것이다. 사무라이 국가 일본에는 과거제도가 없기 때문에 한문학을 직업삼아 평생 파고든 지식인들이 적어서, 일본인들은 조선 문인의 문장과 서화를 보물같이 여겼다.

조선에서도 국위를 선양하기 위해 여러 분야의 문화 전문가들을 선발하여 파견했는데, 『계림창화집(鷄林唱和集)』이 출판된 8차 통신사(1711년) 때에는 500명을 파견했다. 당시 쓰시마에서 에도까지 왕복하는 동안 일본인들이 숙소마다 찾아와 필담을 나누거나 한시를 주고받았는데, 필담집이나 창화집은 곧바로 출판되어 널리 읽혔다. 필담 창화에 참여한 일본 지식인은 대륙의 새로운 지식을 얻었을 뿐만 아니라, 일본 사회에서 전문가로서의 위상도 획득하였다.

8차 통신사 때에 출판된 필담 창화집은 현재 9종이 확인되었으며, 필담 창화에 참여한 일본 문인은 250여 명이나 된다. 이는 7차까지 출판된 필담 창화집을 모두 합한 것보다 훨씬 많은 수인데, 통신사 파견이 100년 가까이 되자 일본에서도 한문학 지식인 계층이 두터워졌음을 알 수 있다. 8차 통신사에 참여한 일행 가운데 2명은 기행문을 남겼는데, 부사 임수간(任守幹)이 기록한 『동사록(東槎錄)』이나 역관 김현문(金顯門)이 기록한 또 하나의 『동사록』이 조선에 돌아와 남에게 보여주기 위해 일방적으로 쓴 글이라면, 필담 창화집은 일본에서 조선과 일본의 지식인들이 마주앉아 함께 기록한 글이다. 그러기에 타인의 눈을 통해 자신의 모습을 객관적으로 볼 수 있다.

16권 16책의 방대한 분량으로 다양한 주제를 정리한 『계림창화집』

에도막부 초기의 일본 지식인은 주로 승려였기에, 당연히 승려들이 통신사를 접대하고, 필담에 참여하였다. 그 다음으로 유자(儒者)들이 있었는데, 로널드 토비는 이들을 조선의 유학자와 비교해 "일본의 유학자는 국가에 이용가치를 인정받은 일종의 전문 지식인에 지나지 않았다"고 규정하였다. 그 가운데 상당수는 의원이었으므로 흔히 유의(儒醫)라고 하는데, 한문으로 된 의서를 읽다보니 유학에도 관심을 가지게 된 것이다. 이노 작스이(稻生若水)가 물고기 한 마리를 가지고 제술관 이현과 서기 홍순연 일행을 찾아가서 필담을 나눈 기록이 『계림창화집』 권5에 실려 있다.

> 이　현 : 이 물고기는 우리나라의 송어입니다. 조령의 동남 지방에 많이 있어, 아주 귀하지는 않습니다.
>
> 홍순연 : 이 물고기는 우리나라의 농어와 매우 닮았습니다. 귀국에도 농어가 있는지 모르겠지만, 이것과 같지 않습니까? 농어가 아니라면 내가 아는 물고기가 아닙니다.
>
> 남성중 : 이 물고기는 우리나라 송어입니다. 연어와 성질이 같으나 몸집이 작으며, 우리나라 동해에서 납니다. 7~8월 사이에 바다에서 떼를 지어 강으로 올라가는데, 몸이 바위에 갈려 비늘이 다 떨어져 나가 죽기까지 하니 그 성질을 모르겠습니다.

그는 일본산 물고기의 습성을 자세히 설명하고 조선에도 있는지 물었지만, 조선 문인들은 이 방면의 전문가들이 아니어서 이름 정도나 추정했을 뿐이다. 홍순연은 농어라고 엉뚱하게 대답하기까지 하였다.

조선 문인이라면 모든 것을 알 수 있을 것이라고 기대했기에 생긴 결과인데, 아직 의학필담으로 분화되기 이전의 형태다. 이 필담 말미에 이노 작스이는 이런 기록을 덧붙여 마무리했다.

『동의보감』을 살펴보니 "송어는 성질이 태평하고 맛이 달며 독이 없다. 맛이 진기하고 살지다. 색은 붉으면서 선명하다. 소나무 마디 같아서 이름이 송어이다. 동북쪽 바다에서 난다"고 하였다. 지금 남성중의 대답에 『동의보감』의 설명을 참고하니, '鮏'은 송어와 같은 것이다. 그러나 '송어'라는 이름은 조선의 방언이지, 중화에서 부르는 이름이 아니다. 『팔민통지(八閩通志)』(줄임) 『해징현지(海澄縣志)』 등의 책에 모두 송어가 실려 있으나, 모습이 이것과 매우 다르다. 다른 종류인데, 이름이 같을 뿐이다.

기록에서 보듯, 이노 작스이는 다수의 의견에 따라 이 물고기를 '송어'라고 추정한 후, 비교적 자세한 남성중의 대답과 『동의보감』의 기록을 비교하여 '송어'로 결론 내렸다. 그런 뒤에 조선의 '송어'가 중국의 송어와 같은 것인지 확인하기 위해 중국의 여러 지방지를 조사한 후, '송어'는 정확한 명칭이 아니라 그저 조선의 방언인 것으로 결론지었다. 양의(良醫) 기두문(奇斗文)에게는 약초를 가지고 가서 필담을 시도하였다.

稻生若水 : 이 나뭇잎은 세 개의 뾰족한 끝이 있고 겨울에 시들지 않으며, 봄에 가느다란 꽃이 핍니다. 열매의 크기는 대두만하고, 모여서 둥글게 공처럼 되며, 생길 때는 파랗고, 익으면 자흑색이 됩니다. 나무에 진액이 있어 엉기면 향이 나고, 색이 붉습니다. 이름은 선인장 나무입니다. (줄임)

기두문 : 이것이 진짜 백부자(白附子)입니다.

제술관이나 서기들이 경험에 의존해 대답한 것과 달리, 기두문은 의원이었으므로 자신의 지식을 바탕으로 확실하게 대답하였다. 구지현박사의 연구에 의하면 이노 작스이는 『서물류찬(庶物類纂)』이라는 박물지를 편찬하기 위해 방대한 자료를 수집·고증하고 있었는데, 문화 선진국 조선의 문인에게 서문을 부탁하여, 제술관 이현이 써 주었다. 1,054권이나 되는 일본 최대의 백과사전에 조선 문인이 서문을 써주어 권위를 얻게 된 것이다.

출판사 주인이 상업적인 출판을 위해 직접 필담에 참여하다

초기의 필담 창화집은 일본의 시인, 유학자, 의원 등 전문 지식인이 번주(藩主)의 명령이나 자신의 정보욕, 명예욕에 따라 필담에 나선 결과물이지만, 『계림창화집』 16권 16책은 출판사 주인이 직접 전국 각 지역에서 발생한 필담 창화 원고들을 수집하여 출판한 것이다. 따라서 필담 창화 인원도 수십 명에 이르며, 많은 자본을 들여서 출판하였다. 막부(幕府)의 어용 서적을 공급하던 게이분칸(奎文館) 주인 세오겐베이(瀨尾源兵衛, 1691~1728)가 21세 청년의 몸으로 교토지역 필담에 참여해 『계림창화집』 권6을 편집하고, 다른 지역의 필담 창화 원고까지 모두 수집해 16권 16책을 출판했을 뿐 아니라, 여기에 빠진 원고들까지 수집해 『칠가창화집(七家唱和集)』 10권 10책을 출판하였다.

『칠가창화집』은 『계림창화속집』이라고도 불렸는데, 7차 사행 때의 최대 필담 창화집인 『화한창수집(和韓唱酬集)』 4권 7책의 갑절 규모에 해당한다. 규모가 이러하니 자본 또한 막대하게 소요되어, 고쇼모노도

코로(御書物所)인 이즈모지 이즈미노조(出雲寺 和泉掾) 쇼하쿠도(松栢堂)와 공동 투자하여 출판하였다. 게이분칸(奎文館)에서는 9차 사행 때에도 『상한창화훈지집(桑韓唱和塤篪集)』 11권 11책을 출판하여, 세오겐베이(瀨尾源兵衛)는 29세에 이미 대표적인 출판업자로 자리매김하게 되었다. 그러나 안타깝게도 38세에 세상을 떠나, 더 이상의 거질 필담창화집은 간행되지 못했다.

필담창화집 178책을 수집하여 원문을 입력하고 번역한 결과물

나는 조선시대 한문학 연구가 조선 국경 안의 한문학만이 아니라 국경 너머를 오가며 외국인들과 주고받은 한자 기록물까지 연구해야 한다는 생각으로, 첫 번째 박사논문을 지도하면서 '통신사 필담창화집'을 과제로 주었다. 구지현 선생은 1763년에 파견된 11차 통신사 구성원들이 기록한 사행록 9종과 필담창화집 30종을 수집하여 분석했는데, 박사학위를 받은 뒤에도 필담창화집을 계속 수집하여 2008년 한국학술진흥재단의 토대연구에 『조선후기 통신사 필담창수집의 수집, 번역 및 데이터베이스 구축』이라는 과제를 신청하였다. 이 과제를 진행하면서 우리 팀에서 수집한 필담창화집 178책의 목록과, 우리가 예상한 작업진도 및 번역 분량은 다음과 같다.

1) 1차년도(2008. 7.~2009. 6.) : 1607년(1차 사행)에서 1711년(8차 사행)까지

연번	필담창화집 책 제목	면 수	1면 당 행수	1행 당 글자 수	예상되는 원문 글자 수
001	朝鮮筆談集	44	8	15	5,280
002	朝鮮三官使酬和	24	23	9	4,968
003	和韓唱酬集首	74	10	14	10,360
004	和韓唱酬集一	152	10	14	21,280
005	和韓唱酬集二	130	10	14	18,200
006	和韓唱酬集三	90	10	14	12,600
007	和韓唱酬集四	53	10	14	7,420
008	和韓唱酬集(결본)				
009	韓使手口錄	94	10	21	19,740
010	朝鮮人筆談幷贈答詩(國圖本)	24	10	19	4,560
011	朝鮮人筆談幷贈答詩(東京都立本)	78	10	18	14,040
012	任處士筆語	55	10	19	10,450
013	水戶公朝鮮人贈答集	65	9	20	11,700
014	西山遺事附朝鮮使書簡	48	9	16	6,912
015	木下順菴稿	59	7	10	4,130
016	鷄林唱和集1	96	9	18	15,552
017	鷄林唱和集2	102	9	18	16,524
018	鷄林唱和集3	128	9	18	20,736
019	鷄林唱和集4	122	9	18	19,764
020	鷄林唱和集5	110	9	18	17,820
021	鷄林唱和集6	115	9	18	18,630
022	鷄林唱和集7	104	9	18	16,848
023	鷄林唱和集8	129	9	18	20,898
024	觀樂筆談	49	9	16	7,056
025	廣陵問槎錄上	72	7	20	10,080
026	廣陵問槎錄下	64	7	19	8,512
027	問槎二種上	84	7	19	11,172
028	問槎二種中	50	7	19	6,650
029	問槎二種下	73	7	19	9,709
030	尾陽倡和錄	50	8	14	5,600

031	槎客通筒集	140	10	17	23,800
032	桑韓醫談	88	9	18	14,256
033	辛卯唱酬詩	26	7	11	2,002
034	辛卯韓客贈答	118	8	16	15,104
035	辛卯和韓唱酬	70	10	20	14,000
036	兩東唱和錄上	56	10	20	11,200
037	兩東唱和錄下	60	10	20	12,000
038	兩東唱和後錄	42	10	20	8,400
039	正德韓槎諭禮	16	10	18	2,880
040	朝鮮客館詩文稿(내용 중복)	0	0	0	0
041	坐間筆語附江關筆談	44	10	20	8,800
042	七家唱和集－班荊集	74	9	18	11,988
043	七家唱和集－正德和韓集	89	9	18	14,418
044	七家唱和集－支機閒談	74	9	18	11,988
045	七家唱和集－朝鮮客館詩文稿	48	9	18	7,776
046	七家唱和集－桑韓唱酬集	20	9	18	3,240
047	七家唱和集－桑韓唱和集	54	9	18	8,748
048	七家唱和集－賓館縞紵集	83	9	18	13,446
049	韓客贈答別集	222	9	19	37,962
예상 총 글자수					589,839
1차년도 예상 번역 매수 (200자원고지)					약 8,900매

2) 2차년도(2009. 7.~2010. 6.) : 1719년(9차 사행)에서 1748년(10차 사행)까지

연번	필담창화집 책 제목	면수	1면 당 행수	1행 당 글자 수	예상되는 원문 글자 수
050	客館璀璨集	50	9	18	8,100
051	蓬島遺珠	54	9	18	8,748
052	三林韓客唱和集	140	9	19	23,940
053	桑韓星槎餘響	47	9	18	7,614
054	桑韓星槎答響	106	9	18	17,172
055	桑韓唱酬集1권	43	9	20	7,740
056	桑韓唱酬集2권	38	9	20	6,840

057	桑韓唱酬集3권	46	9	20	8,280
058	桑韓唱和塤篪集1권	42	10	20	8,400
059	桑韓唱和塤篪集2권	62	10	20	12,400
060	桑韓唱和塤篪集3권	49	10	20	9,800
061	桑韓唱和塤篪集4권	42	10	20	8,400
062	桑韓唱和塤篪集5권	52	10	20	10,400
063	桑韓唱和塤篪集6권	83	10	20	16,600
064	桑韓唱和塤篪集7권	66	10	20	13,200
065	桑韓唱和塤篪集8권	52	10	20	10,400
066	桑韓唱和塤篪集9권	63	10	20	12,600
067	桑韓唱和塤篪集10권	56	10	20	11,200
068	桑韓唱和塤篪集11권	35	10	20	7,000
069	信陽山人韓館倡和稿	40	9	19	6,840
070	兩關唱和集1권	44	9	20	7,920
071	兩關唱和集2권	56	9	20	10,080
072	朝鮮人對詩集1권	160	8	19	24,320
073	朝鮮人對詩集2권	186	8	19	28,272
074	韓客唱和/浪華唱和合章	86	6	12	6,192
075	和韓唱和	100	9	20	18,000
076	來庭集	77	10	20	15,400
077	對麗筆語	34	10	20	6,800
078	鳴海驛唱和	96	7	18	12,096
079	蓬左賓館集	14	10	18	2,520
080	蓬左賓館唱和	10	10	18	1,800
081	桑韓醫問答	84	9	17	12,852
082	桑韓鏘鏗錄1권	40	10	20	8,000
083	桑韓鏘鏗錄2권	43	10	20	8,600
084	桑韓鏘鏗錄3권	36	10	20	7,200
085	桑韓萍梗錄	30	8	17	4,080
086	善隣風雅1권	80	10	20	16,000
087	善隣風雅2권	74	10	20	14,800
088	善隣風雅後篇1권	80	9	20	14,400
089	善隣風雅後篇2권	74	9	20	13,320
090	星軺餘轟	42	9	16	6,048
091	兩東筆語1권	70	9	20	12,600

092	兩東筆語2권	51	9	20	9,180
093	兩東筆語3권	49	9	20	8,820
094	延享五年韓人唱和集1권	10	10	18	1,800
095	延享五年韓人唱和集2권	10	10	18	1,800
096	延享五年韓人唱和集3권	22	10	18	3,960
097	延享韓使唱和	46	8	14	5,152
098	牛窓錄	22	10	21	4,620
099	林家韓館贈答1권	38	10	20	7,600
100	林家韓館贈答2권	32	10	20	6,400
101	長門戊辰問槎상권	50	10	20	10,000
102	長門戊辰問槎중권	51	10	20	10,200
103	長門戊辰問槎하권	20	10	20	4,000
104	丁卯酬和集	50	20	30	30,000
105	朝鮮筆談(元丈)	127	10	18	22,860
106	朝鮮筆談1권(河村春恒)	44	12	20	10,560
107	朝鮮筆談1권(河村春恒)	49	12	20	11,760
108	韓客對話贈答	44	10	16	7,040
109	韓客筆譚	91	8	18	13,104
110	韓人唱和詩	16	14	21	4,704
111	韓人唱和詩集1권	14	7	18	1,764
112	韓人唱和詩集1권	12	7	18	1,512
113	和韓文會	86	9	20	15,480
114	和韓唱和錄1권	68	9	20	12,240
115	和韓唱和錄2권	52	9	20	9,360
116	和韓唱和附錄	80	9	20	14,400
117	和韓筆談薰風編1권	78	9	20	14,040
118	和韓筆談薰風編2권	52	9	20	9,360
119	鴻臚傾蓋集	28	9	20	5,040
예상 총 글자수					723,730
2차년도 예상 번역 매수 (200자원고지)					약 10,850매

3) 3차년도(2010. 7.~ 2011. 6.) : 1763년(11차 사행)에서 1811년(12차 사행)까지

연번	필담창화집 책 제목	면수	1면당 행수	1행당 글자수	예상되는 원문 글자수
120	歌芝照乘	26	10	20	5,200
121	甲申槎客萍水集	210	9	18	34,020
122	甲申接槎錄	56	9	14	7,056
123	甲申韓人唱和歸國1권	72	8	20	11,520
124	甲申韓人唱和歸國2권	47	8	20	7,520
125	客館唱和	58	10	18	10,440
126	鷄壇嚶鳴 간본 부분	62	10	20	12,400
127	鷄壇嚶鳴 필사부분	82	8	16	10,496
128	奇事風聞	12	10	18	2,160
129	南宮先生講餘獨覽	50	9	20	9,000
130	東渡筆談	80	10	20	16,000
131	東槎餘談	104	10	21	21,840
132	東游篇	102	10	20	20,400
133	問槎餘響1권	60	9	20	10,800
134	問槎餘響2권	46	9	20	8,280
135	問佩集	54	9	20	9,720
136	賓館唱和集	42	7	13	3,822
137	三世唱和	23	15	17	5,865
138	桑韓筆語	78	11	22	18,876
139	松菴筆語	50	11	24	13,200
140	殊服同調集	62	10	20	12,400
141	怏怏餘響	136	8	22	23,936
142	兩東闘語乾	59	10	20	11,800
143	兩東闘語坤	121	10	20	24,200
144	兩好餘話상권	62	9	22	12,276
145	兩好餘話하권	50	9	22	9,900
146	倭韓醫談(刊本)	96	9	16	13,824
147	倭韓醫談(寫本)	63	12	20	15,120
148	栗齋探勝草1권	48	9	17	7,344
149	栗齋探勝草2권	50	9	17	7,650
150	長門癸甲問槎1권	66	11	22	15,972

151	長門癸甲問槎2권	62	11	22	15,004
152	長門癸甲問槎3권	80	11	22	19,360
153	長門癸甲問槎4권	54	11	22	13,068
154	萍遇錄	68	12	17	13,872
155	品川一燈	41	10	20	8,200
156	表海英華	54	10	20	10,800
157	河梁雅契	38	10	20	7,600
158	和韓醫談	60	10	20	12,000
159	韓客人相筆話	80	10	20	16,000
160	韓館應酬錄	45	10	20	9,000
161	韓館唱和1권	92	8	14	10,304
162	韓館唱和2권	78	8	14	8,736
163	韓館唱和3권	67	8	14	7,504
164	韓館唱和續集1권	180	8	14	20,160
165	韓館唱和續集2권	182	8	14	20,384
166	韓館唱和續集3권	110	8	14	12,320
167	韓館唱和別集	56	8	14	6,272
168	鴻臚摭華	112	10	12	13,440
169	鷄林情盟	63	10	20	12,600
170	對禮餘藻	90	10	20	18,000
171	對禮餘藻(明遠館叢書 57)	123	10	20	24,600
172	對禮餘藻(明遠館叢書 58)	132	10	20	26,400
173	三劉先生詩文	58	10	20	11,600
174	辛未和韓唱酬錄	80	13	19	19,760
175	接鮮瘖語(寫本)1	102	10	20	20,400
176	接鮮瘖語(寫本)2	110	11	21	25,410
177	精里筆談	17	10	20	3,400
178	中興五侯詠	42	9	20	7,560
예상 총 글자수					786,791
3차년도 예상 번역 매수 (200자원고지)					약 11,800매

1차년도에는 하우봉(전북대) 교수와 유경미(일본 나가사키국립대학) 교수를 공동연구원으로 하여 고운기, 구지현, 김형태, 허은주, 김용흠 박

사가 전임연구원으로 번역에 참여하였다. 3년 동안 기태완, 이지양, 진영미, 김유경, 김정신, 강지희 박사가 연구원으로 교체되어, 결국 35,000매나 되는 번역원고를 마무리하였다.

일본식 한문이 중국식 한문과 달라서 특히 인명이나 지명 번역이 힘들었는데, 번역문에서는 독자들이 읽기 쉽도록 한국식 한자음으로 표기하고, 첫 번째 각주에서만 일본식 한자음을 표기하였다. 원문을 표점 입력하는 방법은 고전번역원에서 채택한 방법을 권장했지만, 번역자마다 한문을 교육받고 번역해온 과정이 다르기 때문에 재량을 인정하였다. 원본 상태를 확인하려는 연구자를 위해 영인본을 뒤에 편집하였는데, 모두 국내외 소장처의 사용 승인을 받았다.

원문과 번역문을 합하여 200자원고지 5만 매 분량의 『조선후기 통신사 필담창화집 번역총서』를 12,000면의 이미지와 함께 편집하고 4차에 나누어 10책씩 출판하는 과정이 복잡하고 힘들었기에, 연세대학교 정갑영 총장에게 편집비 지원을 신청하였다. 『조선후기 통신사 필담창수집 번역본 30권 편집』 정책연구비(2012-1-0332)를 지원해주신 정갑영 총장에게 감사드린다.

『조선후기 통신사 필담창화집 번역총서』를 편집하는 과정에 문화재청으로부터 『통신사기록 조사 및 번역, 데이터베이스 구축』 연구용역을 발주받게 되어, 필담창화집을 비롯한 통신사 관련 기록을 세계기록유산으로 등재하는 작업에 참여하게 된 것도 기쁜 일이다. 통신사 관련 기록들이 모두 데이터베이스로 구축되어 국내외 학자들이 한일문화교류, 나아가서는 동아시아문화교류 연구에 손쉽게 참여하게 된다면 『통신사 필담창화집 번역총서』의 사명을 다하는 것이라고 생각한다.

조선후기 통신사가 동아시아 문화교류 연구에 중요한 이유는 임진

왜란 이후에 중국(청나라)과 일본의 단절된 외교를 통신사가 간접적으로 이어주었기 때문이다. 통신사 필담창화집 번역총서 60권 출판이 마무리되면 조선후기에 한국(조선)과 중국(청나라) 지식인들이 주고받은 척독집 40여 권도 데이터베이스로 구축하여, 일본에서 조선을 거쳐 청나라로 이어지는 '동아시아 문화교류의 길' 데이터베이스를 국내외 학자들에게 제공하고자 한다.

김용진(金鏞鎭)
중국 연변대학교에서 동방문학 전공 박사 학위를 취득하였고, 절강대학교 고적연구소(古籍所)에서 중국언어문학 포닥 과정을 마쳤으며, 현재 상해외국어대학교에서 외국언어문학 포닥 과정을 밟고 있다. 연구 저서로는『석천 임억령 한시문학 연구』가 있고, 자료집『조선통신사 문헌 속의 유학필담』이 있으며, 역주로는『외무성 삼·사』,『부상일기』,『일본국 내무성 직장사무(전) (부)농상무성, 각국 거류조례 제2』등이 있다. 논문으로는「日朝通信使筆談中的朱子學辯論」,「朝鮮登科試文與中國古典文化」,「18世紀朝日對話中的中國文化元素考究-以『東渡筆談』為中心」등이 있으며, 서평으로는「Explore the Origin and Center of East Asian Cultural Territory-Ten Lectures on East Asian Cultural Circulation」,「Reinvented as the Butterfly-Cultural Memory of the Miao Women of Xijiang」등이 있다.

조선후기 통신사 필담창화집 번역총서 42
東槎餘談

2021년 9월 10일 초판 1쇄 펴냄

역　자 김용진
발행인 김흥국
발행처 도서출판 보고사

등록 1990년 12월 13일 제6-0429호
주소 경기도 파주시 회동길 337-15 보고사 2층
전화 031-955-9797(대표), 02-922-5120~1(편집), 02-922-2246(영업)
팩스 02-922-6990
메일 kanapub3@naver.com / bogosabooks@naver.com
http://www.bogosabooks.co.kr

ISBN 979-11-6587-213-7 94810
979-11-5516-055-8 (세트)

정가 24,000원